Nadine

Nadine

© 2019 Susana Aikin

© de esta edición: Libros de Seda, S.L.
Estación de Chamartín s/n, 1ª planta
28036 Madrid
www.librosdeseda.com
www.facebook.com/librosdeseda
@librosdeseda
info@librosdeseda.com

Diseño de cubierta: Rasgo Audaz
Maquetación: Rasgo Audaz
Imagen de la cubierta: © Marcos Appelt/Arcangel Images
Imagen de la contraportada (Gran Vía, Madrid): © Sean Pavone/Shutterstock

Primera edición: marzo de 2019

Depósito legal: M. 3448-2019
ISBN: 978-84-16973-91-0

Impreso en España – Printed in Spain

Nadine

Una novela de

SUSANA AIKIN

Libros de seda

Capítulo 1

$\mathcal{N}$adine siente los pinchazos como bolitas de fuego perforándole la piel mientras aguanta la respiración con los ojos cerrados para no quejarse. De tanto en tanto, nota cómo el doctor le enjuaga la zona pinchada con una gasa impregnada en una pomada balsámica que le calma la sensación de quemazón. El dolor se exacerba cuando le inyectan la aguja en la frente y el entrecejo. La sensación de calor general en el rostro se intensifica hasta hacerse insoportable, pero cuando al fin decide protestar, oye al doctor caminar hacia la puerta y llamar a su ayudante. Nadine abre los ojos y les observa susurrando en el umbral de espaldas. Se roza la cara y la siente abultada. El doctor cierra la puerta y se vuelve hacia ella. Es un hombre en la treintena, de baja estatura y aspecto blando. Hace un momento sus ojos se veían ciclópeos detrás de las lentes especiales que utiliza para hacer intervenciones. Pero ahora se ha quitado las lentes y la mascarilla, y tiene la frente perlada de sudor. La sonrisa genérica con que siempre la recibe se ha desdibujado. Nadine percibe una nota de alarma en su voz mientras dice:

—Bueno, parece que no vamos a poder hacer mucho más hoy. Por lo visto tienes la piel muy sensible y te ha dado una reacción.

Desde luego, no es nada importante. Un antiinflamatorio te la bajará en unas horas. Y después de unos días vuelves a que te vea y ya decidimos qué vamos a hacer.

Antes de que Nadine tenga tiempo de rehacerse, se abre nuevamente la puerta y entra la enfermera con un vaso de plástico lleno de agua en una mano y un platito con una pastilla en otro.

—Mira, aquí te trae Maite un antiinflamatorio para bajarte la hinchazón y quitarte cualquier molestia —dice, recobrando su tono jovial habitual—. No te preocupes, esto pasa en un porcentaje pequeño de casos, pero no tiene mayor trascendencia. En uno o dos días estará perfecta.

—¿En uno o dos días? —balbucea Nadine—. Y mientras tanto, ¿qué pasa?

Una agitación va apoderándose de ella. Pero el doctor San Martín ya se ha recompuesto de cualquier titubeo y, mientras se quita los guantes de látex de las manos, dice en tono asertivo:

—Nada que no pueda tapar un poco de maquillaje. Ahora Maite te da una muestra de nuestra marca cosmética de día para que te la pongas en el lavabo. Y enseguida estará lista. Bueno, Nadine, tengo que atender a otra paciente, pero espero verte dentro de dos o tres días para evaluarte de nuevo. ¿Te parece? Cualquier cosa me llamas.

Según emite estas últimas palabras recula cautelosamente hacia la puerta hasta desaparecer tras ella. Maite, con rostro totalmente inexpresivo y en silencio, le da la pastilla con un poco de agua, y luego le ofrece un sobrecito de plástico color rosa que dice «Maquillaje de día Amanecer, con protección solar 50», y sale de la habitación sin sonreír.

—Enseguida vuelvo.

La primera vez que fue a la clínica París, el doctor San Martín le había recomendado tratamientos de bótox y, al no verla muy convencida, hizo entrar a Maite en la consulta para ponerle un ejemplo vivo de los resultados tan «espectaculares» y «tremendamente naturales».

—Fíjate qué tersura, qué tez tan natural. Y no te creas que se aplica solo a mujeres mayores. Maite es todavía bastante joven —le había dicho con una sonrisa desbordada de autosatisfacción.

Mientras tanto, Maite la miraba sin sonreír. Sus ojos no denotaban ninguna emoción, y su piel túrgida y resplandeciente tenía una ausencia total de gestos. Era una mujer menuda que vestía *jeans* de diseño muy ajustados debajo de la bata blanca y botas de tacón largo y fino. Su belleza no había impresionado a Nadine, aunque tenía que admitir que su piel, al menos bajo la luz de neón, era impecable.

Ahora que Maite ha salido del cuarto, Nadine empieza a sentir escalofríos por todo el cuerpo. Tiene la cabeza caliente y le duelen la frente y las comisuras de los ojos. Por un segundo se ve a sí misma pequeña y desamparada, tumbada sobre la camilla de tela verde en un cuarto blanco sin ventanas. A su derecha, en la pared, hay un botón rojo con un cartel que dice «Apriete el botón si nos necesita». El color rojo del botón le dispara una sensación de alarma en el cerebro. Le entra un deseo urgente de huir de allí. Con movimientos entumecidos se incorpora en la camilla, se pone la rebeca y toma el bolso. La puerta de enfrente es el lavabo de señoras. Se mete y corre el cerrojo. Inmediatamente, ve su imagen reflejada en el gran espejo sobre el lavabo. Unos moratones oscuros han aflorado en las partes de la cara donde la han pinchado. Con horror aparta la mirada del espejo. Necesita salir de este lugar lo antes posible.

El largo pasillo de iluminación difuminada está completamente desierto. Nadine no recuerda dónde estaba la salida de la clínica. Una sensación nebulosa alrededor de la cabeza le entorpece los pensamientos y no le permite recordar por dónde había entrado. La agitación se convierte en angustia. Le palpita el corazón oprimiéndole los pulmones y dificultándole la respiración. Camina deprisa por el pasillo, desorientada, desesperada por encontrar una puerta o ventana que le permita aspirar una bocanada de aire fresco. Ya no escucha la música ambiental ni el ocasional timbre de un teléfono tras alguna de las puertas. Solo presta atención a los latidos desaforados de su corazón. Tropieza con el extremo de la moqueta al doblar una esquina y cuando levanta la vista, ve al fondo la mesa de recepción con las rubias escuálidas que la han atendido a la entrada. Con la respiración entrecortada, pasa rápidamente delante de ellas sin mirarlas y se abalanza hacia las grandes puertas de cristal.

Fuera, en la calle, el ruido brutal del tráfico de la avenida irrumpe en sus oídos. Nadine se detiene por un momento para ubicarse. La circulación fluye vertiginosamente a dos metros de sus pies, un río estruendoso que apenas logra frenarse a trompicones frente a los semáforos. La velocidad les hace perder la individualidad, convierte a los vehículos en una masa homogénea de colores brillantes que se desliza frenética por la calzada. Nadine siente cómo se magnetiza hacia el caudal de imágenes difusas y de ruido ensordecedor. Por un segundo le asalta el deseo de arrojarse sobre ese fluido feroz y dejar todo atrás, fundirse dentro de su corriente imparable.

La presión de una mano sobre el brazo la saca de su ensimismamiento y se vuelve sobresaltada para encontrarse con Maite mirándola fijamente.

—¿Está usted bien? ¿Quiere entrar un momento y sentarse, mientras le traigo un vaso de agua? El cuerpo menudo envuelto en la bata blanca oscila nervioso frente a ella.

Nadine la observa de cerca. Parece asustada, pero la alarma de sus pupilas no se corresponde con ningún otro gesto. Su cara tersa de piel perfecta como la de una muñeca contrasta con el terror mudo que asoma al fondo de sus ojos. Un alma encerrada en una prisión de bótox. Un alma que no puede gesticular, ni mascullar o protestar, porque su piel tirante la mantiene rígida, imperturbable. Entonces, este es el secreto de la juventud química. Crear una fachada que no permita reflejar las emociones. Sobre todo, aquellas que perturban la superficie de esa belleza banal que tanto gusta a las revistas de moda. Una jocosidad repentina invade a Nadine. Rompe a reír.

—No, no gracias, estoy perfectamente —asegura, intentando controlar las oleadas de risa que le suben desde el abdomen.

La mirada de Maite se transforma en extrañeza. Da un paso atrás mientras dice:

—¿Está segura? Yo pensé por un momento... No sé, que iba a cometer una locura. —Examina con curiosidad y asombro a Nadine, que a su vez ha dejado de reír y ahora la mira con ansiedad. Después añade impaciente—: Bueno, mire, de todas formas, el doctor le envía esta receta y le pide que vuelva a consulta dentro de dos días... Y como ya nos ha dado antes todos los datos para el pago por domiciliación bancaria, la veremos el miércoles a las diez de la mañana. —Maite le entrega la receta, se da la vuelta y camina hacia la clínica. Nadine la sigue con la mirada, y cuando el semáforo se pone rojo, cruza la calle.

*

Es viernes por la noche, y el centro de la ciudad está lleno de gente paseando en grupos, hablando animadamente, dirigiéndose a bares o a lugares de ocio. Nadine camina a contracorriente entre el gentío con los ojos pegados al suelo, evitando los espacios iluminados. Siente todavía la cara caliente y dolorida. Es consciente de que entre la turba que pasa a su lado algunas miradas se fijan en ella y se sobresaltan.

Se mete en una cafetería Vips y, después de pasar al lado de la camarera que le pregunta que si es solo ella o espera a alguien más, se dirige rápidamente al cuarto de baño. Allí, saca del bolso el maquillaje Amanecer. Se lava la cara con agua fría y se la seca cuidadosamente con toallas de papel. Después se aplica el cosmético. Observa los resultados en el espejo. El maquillaje extendido en capas gruesas logra encubrir el color amoratado de la piel, pero no oculta la hinchazón que le deforma el rostro. La persona que tiene delante es una extraña variante de la Nadine a la que está acostumbrada. Una variante de una simetría diferente, con la frente y las mejillas más voluminosas y una nariz mucho más pequeña hundida entre ellas. Pero los ojos, aunque diminutos y relegados al fondo de las cuencas, son todavía los mismos. Pálidos, desdibujados, anhelantes. Contiene las ganas de llorar.

De vuelta a la cafetería, pasa otra vez junto a la camarera, que vuelve a preguntarle si está sola o espera a alguien. Camina hacia la puerta de salida entre los puestos de libros y de objetos de regalo que tanto le gusta ojear. Pero a unos metros de la salida lo ve en la puerta y lo reconoce inmediatamente. Gino. Nadine se detiene bruscamente, se vuelve hacia el estand más cercano, abre el primer libro grande que encuentra y se hunde en sus páginas.

De reojo, lo observa. Camina casualmente hacia ella con las manos en los bolsillos. Lleva la misma americana color hueso que se puso para recibirla aquel día en la tienda. Tiene un cierto aire distraído, pero enseguida la mira y titubea un momento como intentando constatar que la conoce. Después se detiene junto al estand de libros de al lado, mientras simula mirar los DVD de saldo. Nadine se esconde detrás de una lámina del libro de arte que tiene enfrente. Es una ilustración de Odilon Redon. El ojo gigante la mira perplejo desde el gran globo de gas. Parece que su deformidad se percibe hasta por los grabados sobre el papel. No lo puede resistir y pasa la página. Mientras tanto, Gino se encuentra ahora a dos pasos de ella ojeando otro libro gordo de arte. Qué mala suerte. Es como si se hubiera situado aposta bloqueando la salida de la tienda. Nadine estudia rápidamente las escasas posibilidades de precipitarse hacia la puerta sin encararse con él.

—Perdona, no queremos molestarte pero sí nos gustaría darte una tarjeta de nuestro centro.

Nadine levanta la vista y ve dos chicas jóvenes que la miran preocupadas. Las dos llevan el pelo corto y van vestidas con estilo muy masculino de *jeans,* camisetas negras y botas Converse. Una tiene la cara estrecha con facciones muy finas donde resaltan un *piercing* en la ceja y otro entre los agujeros de la nariz. La que habla parece mayor que la otra. Tiene la cara redonda con ojos saltones y nariz ancha. Le ofrece una tarjeta de visita que dice «La Casa de la Mujer, Centro Social de Ayuda».

—Asistimos a mujeres con problemas y guardamos total discreción. Puedes llamar y te dan una cita. —Nadine la mira alarmada sin comprender nada, pero la pena profunda con la que la observa su interlocutora le hace caer en la cuenta de la situación. Sin duda piensan que alguien le acaba de partir la cara.

—No, no es lo que pensáis. Yo no tengo ningún problema de ese estilo. Gracias, pero...

La chica le pone suavemente la mano sobre el brazo y la mira con compasión.

—Sabemos que a veces es difícil siquiera aceptar que estamos en una relación complicada. En el centro somos todo mujeres, es un ambiente de confianza —insiste la chica.

—No, no lo entiendes. Esto no tiene que ver con nada de lo que te imaginas. He tenido una reacción alérgica.

—La negación es una estrategia para evitar el dolor, pero a la larga no funciona. —La chica insiste con voz monótona, como repitiendo una lección que se acaba de aprender. Su compañera asiente con la cabeza.

—Muchas gracias por vuestro interés pero... —responde Nadine de mal humor con ademán de terminar la conversación.

—Solo te pedimos que lo pienses. No estás sola con tu problema. Somos muchas. —Es evidente que no la van a dejar irse tan fácilmente.

—Perdón —interrumpe una voz masculina con acento extranjero—. Es hora de irnos, ¿has encontrado lo que necesitas? ¿Quieres comprar algo? ¿No? —Gino la mira ahora por encima de las cabezas de las fervientes trabajadoras sociales, que se vuelven hacia él con odio—. *Scusi* —agrega en italiano, abriéndose paso entre ellas y colocándose al lado de Nadine—. *Andiamo cara,* te veo muy cansada con esta reacción alérgica. —Y tomándola suavemente del brazo la conduce hacia la salida.

—Lo de siempre —mascula una de las trabajadoras sociales mientras pasan a su lado—. En público *cara* y después en casa... ¡cabrones! —Y volviéndose hacia su compañera, continúa cuchicheando improperios contra maridos maltratadores.

Ya en la calle caminan unos pasos y Nadine, evitando mirarlo a los ojos, dice:

—Gracias. No sabía cómo quitármelas de encima.

—De nada. ¿Quieres tomar un café en otro lugar?

—No, estoy realmente cansada. Esta reacción alérgica... —empieza a decir mientras divisa un taxi que viene hacia ellos y hace un gesto para pararlo.

—¿Qué te ha pasado? —pregunta Gino, pero el taxi ya se ha detenido, y Nadine abre la puerta.

—Estoy bien, no te preocupes. Me tengo que ir. Gracias.

—Dame tu teléfono. Quiero hablar contigo, explicarte lo que pasó.

—Adiós, adiós, gracias otra vez. —Nadine ya ha cerrado la puerta, y el taxi se pierde entre la luz amarilla de los semáforos de la avenida.

*

Cuando llega a casa de Jimena todavía le duele la cara. Nada más entrar por la puerta, corre al espejo del cuarto de baño. Allí se encuentra otra vez con su imagen monstruosa: las mejillas deformes

15

y amoratadas, los labios hundidos y los párpados hinchados que le empequeñecen los ojos y le dan un aspecto de tortuga milenaria. Solo siente alivio cuando finalmente apoya la cabeza sobre la almohada, y percibe el olor del algodón limpio que le refresca la cara caliente e hinchada.

Por primera vez puede repasar con tranquilidad todo lo que ha pasado. El agotamiento la ha vaciado de la frustración y la rabia que la zarandeaban como una tormenta que no terminaba de romper. Ahora ya acepta la derrota. Evidentemente, no es suficiente tener la determinación de conseguir algo y los medios materiales para adquirirlo. Entre el mundo de los deseos y el mundo de los resultados no hay siempre una línea recta. La vida no es un caballo fácil de cabalgar. Suele ser más bien una bestia salvaje difícil de enjaezar. Cuando menos lo espera uno, se ve arrojado de la montura y arrastrado por el polvo de forma inmisericorde. ¿Cómo ha podido creer que con el pago de unos cuantos cientos de euros iba a recuperar la juventud perdida? ¿Qué le importan cuatro arrugas de una cuarentona deprimida a esta fuerza sobrehumana que llamamos vida? Controlarla es imposible. Dictarle resultados, un ejercicio irrisorio. Rendirse a su ritmo es lo único plausible. Por suerte, sobreviene cierta sensación de paz cuando una acepta la insignificancia y la impotencia de ser, y se deja flotar a la deriva hacia la incertidumbre de la existencia.

Piensa que lleva mucho tiempo resistiéndose a rendirse de esta manera. Ha consagrado casi toda su energía a controlar los pequeños detalles de la vida, a domesticar con dedicación aplastante las nimias ocurrencias del día a día. La limpieza de la casa, el orden de los objetos, la simetría de los espacios han sido, por épocas, dedicaciones casi obsesivas. Pero a veces, incluso estos actos de dominio, en apariencia intranscendentes y triviales, han resultado exquisitamente difíciles para Nadine. Por ejemplo, nunca ha logrado planchar una camisa a la perfección. Enfrentarse al acto de estirar con la plancha, y dejar perfectamente lisa, una pieza tan compleja como una camisa ha sido siempre un ejercicio de doma humillante. Ha observado muchas veces a otras mujeres hacerlo de forma rápida y perfecta. Incluso ha pedido consejos y demostraciones para aprenderlo de una vez. Pero, aunque con el tiempo su técnica había mejorado un poco, jamás ha llegado a dominar el arte de planchar bien una camisa. De hecho, Augusto nunca había llevado una que ella hubiese planchado. En los buenos tiempos, este detalle se había convertido en una broma de secreta complicidad entre ellos, especialmente frente a su familia política.

Qué gracia le hace ahora recordar estas anécdotas. Otra cosa que le ha resultado siempre imposible es hacer mayonesa casera sin que se le cortara. También esta traba había afectado bastante a Augusto, cuyo plato favorito eran los espárragos blancos gordos con mayonesa desde que tenía uso de razón. Rememora algunas pinceladas de escenas caóticas en la cocina con la batidora en la mano, pilas enormes de cáscaras de huevo a su lado, litros de aceite perdidos y hasta una erupción de mayonesa frustrada que salpicó las paredes, el traje bajo el delantal y las pestañas recién pintadas de rímel. Esas eran las pequeñas derrotas en el terreno doméstico que le habían hecho parecer adorable al principio de su convivencia con Augusto y totalmente despreciable hacia el final.

¿Qué pensaría Augusto si la viera ahora tendida en la cama, agotada y con la cara hinchada? Sin duda la humillaría con esa mirada de soslayo llena de reproches mudos tan suya. Él, que conocía al detalle su cuerpo, y que siempre había hecho comentarios sobre cualquier imperfección con ánimo exclusivamente «corrector». Él, que ahora se había enamorado de una mujer más joven con pinta de *barbie* playera. Él le daría unas palmaditas en el hombro:

—De verdad, Nadine, no te enteras de nada.

Y, realmente, qué ocurrencia la de inyectarse bótox en la cara. Todas esas líneas, patas de gallo y códigos de barras formaban en definitiva el mapa de su vida. Eran su historia personal esculpida en surcos sobre la superficie de su carne. Eran heridas de guerra, marcas indelebles de emociones, rastros de su peculiar manera de tensarse frente al estrés de la vida. ¿De qué servía borrarlas?

*

Tumbada en la cama y mirando el rectángulo de cielo que se ve por la ventana del patio, Nadine habla con Buenos Aires con el teléfono apoyado en la almohada.

—Pero, che, ¡qué escena tan surrealista! —dice Jimena con su nuevo acento argentino—. No me lo puedo creer. A veces sos de cuento, Nadine. Y ese italiano, posando de caballero medieval, salvándote de las dos brujas. ¡Qué pelotudas! Haciendo proselitismo en Vips un viernes a la noche. Se ha pasado de no darnos bola durante siglos, a ir persiguiendo a minas con caras hinchadas por la calle.

Nadine mira el reloj encima de la mesita de noche. Son las seis de la mañana. Desde que ha llegado al piso, Jimena la llama temprano casi todos los días. Para ella en Buenos Aires son cinco horas menos, la una de la madrugada, la hora en la que vuelve de bailar tango en milongas perdidas por los barrios. A esa hora suele estar tan agitada, tan borracha de música y de cuerpos masculinos, que no puede dormir. Entonces despierta a Nadine y derrama su palpitante discurso por el teléfono.

—Y qué mala suerte lo de la alergia al bótox, querida, el no tener acceso a esa maravilla moderna. Una desgracia. Hubiera sido una manera perfecta de renovar tu imagen ahora que te estás divorciando y vas a entrar otra vez en el mercado. Pero ya pensaremos en otras cosas. —Jimena siempre habla como si hubiera asumido la responsabilidad de reciclar a Nadine después de su separación. Gracias a su influencia, Nadine se saltó la larga lista de espera y pudo obtener una cita inmediata con el doctor San Martín, el especialista de cirugía plástica más solicitado de ciertos círculos—. Por suerte no le diste a Gino tu teléfono. No sabés lo que le ha pasado. Perdió el trabajo. Su mujer llamó al jefe y le contó todo. La gente se enteró. Está desempleado, todo el mundo lo ha abandonado. Nada que ver con lo que era, querida. Ni se te ocurra acercarte a él. Está acabado. Tú te mereces otra cosa. Tienes que hacer un esfuerzo, conocer otros hombres. Todavía estás de luto por ese impresentable de tu ex. La mejor venganza es aparecerse con un guapo maravilloso. ¡Cuando se dé cuenta de la mujer que ha perdido!

Nadine se aparta del teléfono. A veces, el discurso repetitivo de su amiga le resulta insoportable. Después de un momento, la vuelve a escuchar.

—¿Por cierto, qué tal está tu hermana? —pregunta Jimena.

—¿Alexandra? No sé. No la veo hace mucho tiempo. Supongo que estará como siempre.

—Alguien me dijo que estaba enferma y que se había hecho unos análisis...

—¿Quién te ha dicho eso?

—La hermana de Amadeo, ¿cómo se llama? Cristina. Me llamó porque ha venido a Buenos Aires a hacer un curso de tango. Querida, ¡no te imaginas cómo está por aquí la fiebre del tango! Viene gente de todas partes. ¡Si solo pudieras agarrarte un billete de avión y aparecer aquí a bailar tango! Se te olvidaría todo, todo.

Nadine quiere cortar la conversación. Jimena puede hablar sin parar durante horas. Necesita volver a la cama y dormir. Promete que la llamará mañana otra vez. Pero cuando cuelga el teléfono, un sabor agrio se apodera de su boca. Alexandra enferma. Análisis. Amadeo. Una puerta, detrás de la cual siempre sopla un viento huracanado, se ha abierto, y Nadine sabe que por más que intente cerrarla, tarde o temprano tendrá que atravesar su umbral.

Trata de dormir, pero después de unos minutos se da cuenta de que ha perdido el sueño. Tiene un dolor sordo en el estómago, probablemente efecto del antiinflamatorio que se ha tomado en la clínica. Abre los ojos, y observa el cielo añil oscuro que asoma por el rectángulo abierto del patio y la luna delgada en forma de hoz que reluce en el centro. El aire suave de la madrugada penetra en la estancia desplazando el olor a polvo que impera en la casa de Jimena. Ayer fue la noche del solsticio de verano. Lo escuchó en la radio del taxi que la trajo a casa. Hace exactamente un año que vino también en taxi por la noche a esta casa. ¡Y en qué circunstancias tan diferentes!

Capítulo 2

$\mathcal{H}$ace un año, en una de esas tardes a principios de verano donde el atardecer parece eterno, había venido también a casa de Jimena. Recuerda el cielo índigo desperezándose sobre la ciudad, resistiendo remolón la entrada de la noche, mientras el taxi volaba a través de la luz mágica azulada que bañaba calles y edificios. Por alguna razón, probablemente cualquier memorable partido de fútbol, la ciudad estaba vacía, tranquila, somnolienta, absorta en ese silencio que se posa como el polvo los domingos al final del día.

Acudía a la fiesta que Jimena daba para celebrar la entrada del verano. La invitación, en papel basto reciclado, decía: «*Smorgasbord* de espiritualidad y sanación. Te invito a celebrar los temas del nuevo milenio. Prepárate para un opulento bufé de esoterismo y curación energética». Típico de Jimena, siempre a la última, dispuesta a probar cosas nuevas en contextos divertidos.

Ya desde el ascensor de hierro forjado con herrajes dorados se escuchaba al gentío y la música palpitar por el hueco de la escalera. La puerta estaba entornada y al empujarla, Jimena la recibió con una lluvia de palabras efervescentes.

—Bienvenida a mi *smorgasbord*. ¿No te fascina la palabra? Mmm, *sssssmmmoorrrgasbooorrrd*. Me encanta, solo los suecos, querida. Ya verás cuánta gente ha venido, un éxito, y mis invitados especiales... ¡*New age* a tope! ¡Estás guapísima! Y tu marido, ¿cómo es que no viene contigo?

—Se ha quedado en casa. Tiene que preparar una reunión para el lunes.

—Siempre igual, qué aburrido.

La luz tenue del pasillo envolvía a Jimena en el resplandor sepia de una foto antigua y exótica. Vestía una kurta india larga de seda color cobre que contrastaba con su piel morena y su pelo azabache recogido en un moño sujeto con dos palillos largos de madera. Los ojos pintados de *khol* se veían más oscuros y profundos. Pero las pupilas tenían la sonrisa de siempre, solo que hoy mostraban una efervescencia especial. A su alrededor, un gentío se arremolinaba en el pasillo hablando, riendo, bebiendo. Dos hombres jóvenes de pelo largo y con sombreros borsalino preguntaron a Jimena si podían cambiar la música.

—¿No podemos poner algo más alegre?

—Pero chicos, esta es una fiesta *new age*. La música debe ir con el *mood* de las circunstancias. No, vosotros a organizar las listas —dijo Jimena, y luego se volvió hacia Nadine y añadió—: Te presento a mis sobrinos, Emilio y Teo. ¿A que son guapos? Han venido a ayudarme con la fiesta. Chicos, mi amiga Nadine. La conozco desde el colegio.

—Nadine, ¡qué nombre tan bonito! ¿De dónde eres? —Y Nadine reconocía en sus ojos esa cualidad sonriente que era tan propia de Jimena.

—De Madrid.

—Pues parece un nombre muy exótico para los Madriles, ¿no?

Nadine ya había olvidado quién era Emilio y quién era Teo, ahora le parecían los dos iguales.

Un grupo de gente que reía alborotadamente envolvió a Jimena como una avalancha, y la conversación se vió desplazada. Los sobrinos desaparecieron por el pasillo. Nadine se encontró sola entre las mareas de gente que iban y venían. Caminó hacia el salón.

A lo largo del pasillo y dentro de las habitaciones ardían cientos de velas de todos los tamaños, desde diminutas hasta cirios gigantes. Los escasos puntos de luz eléctrica estaban iluminados con bombillas de colores desde donde se proyectaban destellos verdes, rojos, azules. En el salón, las cristaleras de los ventanales reflejaban los grupos de gente desdibujados por la luz tenue. La mayoría de los invitados eran mujeres de edad mediana, espectacularmente vestidas y muy maquilladas. Muchas estaban con maridos o con acompañantes masculinos de traje y corbata. Casi todas llevaban vestidos negros escotados, y algunas chales o mantones de seda de colores brillantes y bolsos pequeños de raso. Era la sociedad que frecuentaba Jimena, mujeres ricas, de gusto sofisticado.

La casa de Jimena era un piso señorial antiguo del barrio de Salamanca frente al parque del Retiro. Un largo pasillo conectaba habitaciones y estancias desde la puerta de entrada hasta la cocina y el sector de servicio. Las habitaciones eran grandes con techos altos de suelos gastados de madera antigua, y las paredes tenían molduras de estuco con guirnaldas deterioradas. Era un piso heredado de su familia, lleno de muebles oscuros castellanos, a los que se habían añadido después unos muebles afrancesados estilo Luis XVI de la familia de Pierre.

Nadine recordaba a Pierre como alguien entrañable.

—*Elle est belle, ta petite amie Nadine. Elle a, comment on dire, l'air d'une comedienne tragique du cinema muet* —le dijo Pierre a Jimena la primera vez que la invitaron a cenar. Él la había observado largamente con ese interés estudiado que los hombres franceses a veces asumen con las mujeres, haciendo que se sientan irresistiblemente cautivadoras.

Pierre era un hombre bajo y gordito, con ojos azules pequeños y de mirada perspicaz y reluciente. Trabajaba en banca y, aparte del dinero, tenía una sola obsesión: tener una hija. El fracaso de largos años de tratamiento de inseminación *in vitro* había llevado al matrimonio a la ruina, y Pierre, después de llegar a un arreglo generoso con Jimena, se había vuelto a París. Jimena pasó meses hundida tomando antidepresivos y después se recuperó. No volvió a hablar de sus años de tortura inseminatoria, y ahora, feliz de ser libre otra vez, vivía la vida en busca de gratificación instantánea. Era otra cosa más que las unía. Nadine tambien había pasado tiempo intentando quedarse embarazada sin éxito.

En el salón, un grupo grande de gente atendía absorto la charla de dos personajes vestidos con hábitos color azafrán y naranja sentados en el sofá de terciopelo morado. Eran dos maestros tibetanos, a los que Jimena había invitado a la fiesta. Llevaban la cabeza rapada. El de más edad disertaba en voz baja y profunda, y el más joven traducía. Hablaba sobre el sutra del corazón y la necesidad de desarrollar compasión hacia toda criatura viva. A su alrededor las mujeres les observaban fascinadas, ajenas a sus escotes profundos y a sus rodillas expuestas sobre la alfombra y el parqué.

El cosquilleo de Jimena susurrándole al oído la sacó de su ensimismamiento.

—¿No son divinos mis rimpoches? Pero ven, te tengo que enseñar más cosas. No te imaginas lo que hay hoy aquí.

Jimena tomó a Nadine de la mano y la llevó casi flotando por el pasillo hasta llegar a uno de los dormitorios. Sobre la cama con los ojos cerrados yacía una mujer gruesa vestida de rojo. De pie a su lado, otra mujer alta muy flaca de blanco y con pelo cano larguísimo colocaba las palmas de las manos sobre su plexo solar.

—Es Peggy. Una curandera de Ohio, la tierra de las patatas estadounidenses. Le está haciendo un tratamiento de reiki. ¿Sabes lo que es? —susurraba Jimena—. Yo no tenía ni idea, la conocí en el centro de estética. Pero ven, sigamos.

En la salita de estar, sentado a la mesa camilla, un hombre con aspecto demacrado y ojos oscuros hundidos, leía las cartas del tarot a un hombre y a una mujer. Manejaba con destreza una baraja de aspecto gastado y grasiento.

—El mejor tarotista de Madrid, querida. ¿No has oído hablar del marqués de Palón? Pues aquí lo tienes. El mayor especialista en asuntos de amor, o sea que ve poniéndote a la cola. Pero lo mejor de todo es esto. —Jimena la arrastró nuevamente hacia el pasillo.

Entraron en la cocina y la luz eléctrica las deslumbró. Era el único cuarto en el cual había un grado alto de iluminación, y donde la actividad era frenética, camareros entrando y saliendo con bandejas, preparando canapés o abriendo botellas de vino y champán.

Al entrar en el *office*, la antesala de la habitación del servicio que servía de lavandería y despensa, un rugido bajo y sostenido sorprendió a Nadine.

—Aquí nos adentramos en el terreno de la chamana siberiana —susurró Jimena—, que ahora mismo está haciéndole una limpieza energética al amigo de Teo.

En medio del reducido espacio, una mujer de aspecto feroz daba vueltas alrededor de un hombre joven escuálido haciendo aspavientos con los brazos extendidos como si peinara un largo pelaje a medio metro del sujeto. Respiraba con fuerza y en la exhalación producía el rugido pavoroso que Nadine había oído al entrar. La cara de la mujer parecía la de un águila, rodeada de una mata de cabello de penachos blanco y amarillo rojizo. Su cuerpo grande, pero ágil para la edad que aparentabla, pasaba de las cuclillas al salto con una facilidad asombrosa. El joven parecía estar en trance, mientras la mujer representaba una danza extraña, propia quizá de algún arácnido remoto. Y después, ese sonido, ese rugido espeluznante que erizaba las células profundas de la piel.

Atravesaron las puertas batientes que se cerraron tras ellas con un silbido, entrando de nuevo en el mundo efervescente de la cocina. Allí Jimena se apoyó en la pared y rompió a reír.

—Increíble, ¿no? Y lo mejor de todo es que cuando ha venido a la casa, se ha pasado un buen rato husmeando por todos los cuartos y al final... —Jimena lloraba doblada de la risa—. Al final, ha dicho que el único lugar donde hay suficiente energía para hacer sus «limpias» es aquí en el *office*. Menos mal que no ha elegido el retrete del servicio. —Nadine se había contagiado y reía con los ojos llenos de lágrimas—. Ay, ay, que me meo de risa —decía Jimena, y luego secándose los ojos, añadía—: Bueno, con su terapia no me atrevo esta noche. Pero querida, no me digas que no tenemos suerte de vivir en la era de la globalización.

El sonido de una masa de cubitos de hielo rompiendo sobre la pila de la cocina las ensordeció repentinamente mientras se recomponían. El jefe de los camareros se acercó a Jimena.

—Señora, necesitamos más champán. Nos comentó que iban a ser treinta personas pero hemos contado casi cincuenta —dijo con tono serio y ofendido.

—No se preocupe, Marcial. Haremos cuentas. —Jimena se repasaba con los dedos debajo de los ojos para limpiar cualquier indicio de rímel corrido—. Te dejo un rato. Me voy a solucionar el problema de la sobrepoblación. Pídeles a Emilio o a Teo que te pongan en la lista para lo que quieras.

Nadine caminó pasillo abajo con la intención de apuntarse a la lista del tarot, pero enseguida vio una larguísima cola aguardando fuera de la salita de la mesa camilla. Evidentemente, la lista de espera del tarot era la más larga de todas.

Tomó una copa de vino de una de las bandejas que le acercó un camarero, y volvió al salón. Allí parecía haber menos gente. Los dos rimpoches tibetanos seguían en el sofá, pero sus seguidores se habían dispersado. El rimpoche mayor descansaba semitumbado, mientras el joven hablaba en voz baja con una mujer de cabello rubio y mirada suplicante.

Nadine se sintió sola, incómoda. Se acercó a los ventanales que daban a la terraza y deseó de pronto dejar atrás el alboroto de la fiesta y respirar aire fresco. Nada más cruzar el umbral, vio una sombra apoyada al otro extremo de la barandilla. Se dio la vuelta para volver al salón, cuando una voz masculina suave dijo:

—No, no, por favor, entre. En todo caso me voy yo.

La sombra dio un paso hacia la luz, y Nadine vio a un hombre pequeño, delgado, moreno, de edad indefinida, quizá de unos cuarenta años. Llevaba el pelo azabache recogido en una coleta y un traje marrón oscuro de aspecto muy antiguo, como salido de una tienda de disfraces. Vestía una camisa sin cuello abotonada hasta arriba y calzaba botas de montar. Una bolsa de cuero rústica le colgaba del hombro. Su rostro de facciones indias la miraba quedamente. Nadine se apoyó en la barandilla. El aire de la noche la abrazó de golpe produciéndole un pequeño escalofrío. Nadine se ciñó los brazos con las manos.

—La noche te saluda —dijo el extraño hombre con una risita mientras se apoyaba también en la barandilla cerca de Nadine.

La terraza asomaba a un jardín interior iluminado con focos verdes. Dos plátanos de sombra largos y delgados llegaban con sus copas hasta los pisos más altos. Abajo, se vislumbraba entre sombras el manto amarillo de las mimosas y los lechos azules de los rododendros. Un olor intenso a madreselva subía hasta la terraza mientras el aire mecía las ramas de los grandes árboles. El hilo de agua de una fuente silbaba desde un rincón oscuro del patio. Nadine pensó que había pocas cosas tan deliciosas como un jardín de noche.

—Nada hay como un jardín en la noche —dijo el hombre de pronto, y Nadine dio un respingo al escucharle formular sus pensamientos. El hombre sonrió en silencio como saboreando su desconcierto. Y después de un momento, añadió—: Se habla mucho de la globalización pero hemos olvidado lo esencial. Lo más importante que tiene el hombre es la naturaleza, la Pachamama, Gaia, la Madre Tierra. Aquí deberíamos estar todos en fila para contemplar este jardín que sobrevive en la gran ciudad. —Su tono era ligeramente rimbombante, como si se tratara de un sermón religioso.

Nadine lo miró con extrañeza. Debía de ser otro de los personajes que Jimena había seleccionado para representar la globalización. Quiso preguntarle exactamente qué hacía en la fiesta, pero el hombre apoyado a su lado en la barandilla estaba en ese momento tan quieto, tan absorto en sí mismo que no le dijo nada. Volvió los ojos hacia la masa oscura de los árboles. Una brisa movía las hojas en suave cascada como la superficie de un mar de partículas susurrantes.

—¿Ya has participado en alguna de las actividades? —dijo de pronto el hombre sin mirarla.

—Pues no. He llegado tarde y todas las listas están llenas.

—¿Y cuál te interesa más, si no te molesta que te pregunte? —Su voz era suave y sibilante, con esas eses sinuosas y sostenidas de algunos acentos latinoamericanos.

—El tarot. Pero no creo que me llegue el turno.

—¡Ah, la fortuna! Quieres saber si tendrás dinero, si tendrás amor —dijo el hombre, volviéndose hacia ella—, pero no querrás saber si te acecha una desgracia. —Nadine sintió sus ojos negros afilados sobre los suyos y se estremeció.

El hombre se volvió otra vez hacia los árboles del patio. Nadine lo observó de soslayo. La postura de su cuerpo era de una alerta extrema. Nadine pensó que aunque sus labios no se movían, parecían recitar una plegaria. Pasó un momento. El hombre estaba inmóvil como una estatua, y le pareció a Nadine que un remolino de fuerzas invisibles surgía del jardín y se aglomeraba junto a él. Sintió miedo y quiso salir de allí. Pero en ese momento una ráfaga de olor a madreselva la envolvió y sintió cómo le entraba en los pulmones y después en las venas, intoxicándola, mientras la hundía otra vez en la sensación placentera de ser acariciada por la noche. Se relajó. Se olvidó del hombre, y al volverse otra vez hacia el jardín, le pareció que sus sentidos se habían aguzado, y donde antes había sombras, ahora distinguía lechos de flores, la fina urdimbre de la enredadera que escalaba por la fachada, el dibujo nítido del mosaico de pedernal que adornaba el camino. Y oía perfectamente cada gota de agua que caía sobre el plato de la fuente.

—¿Estás segura de que quieres conocer tu suerte? —Nadine oyó la pregunta retumbarle en la cabeza mientras salía de su ensimismamiento, y se enfrentaba otra vez al hombre que la observaba atentamente—. La fortuna es como la noche. Un cuchillo de doble filo. Puede ser mensajera de dulces sueños o de pesadillas. —Nadine volvió a sentirse agitada. Quería salir del balcón y volver a la fiesta. Dio un paso hacia la puerta y puso la mano en el picaporte—. Si no quieres esperar, yo puedo leértela —dijo el hombre interceptando su paso con un gesto. Nadine notó como sus palabras tenían un efecto paralizante sobre su voluntad.

—¿Tú echas las cartas?

—Tengo mi estilo particular.

Algo dentro de Nadine le apremiaba a terminar esta conversación. Iba a decir, no, gracias, aunque dijo:

—Bueno, pero tendrá que ser dentro del salón, porque tengo sed.

El hombre rio con un gesto tenue y entraron en el salón donde casi ya no había gente. Nadine se sintió a salvo, aunque no supo muy bien de qué. Parecía que la fiesta estaba llegando a su fin, como si hubiera pasado más tiempo fuera en la terraza de lo que ella había percibido. Mientras caminaban hacia el sofá, se dio cuenta de lo pequeño que era el hombre que tenía a su lado. De reojo observó sus facciones indias y su figura perfectamente grácil, mientras ella se sentía larga, flaca y desgarbada a su lado. Se sentaron en el sofá donde habían estado los rimpoches y el hombre dijo:

—Mi nombre es Túpac. ¿Y el tuyo? —Las afiladas pupilas negras la miraban sin parpadear.

—Nadine.

—¡Nadine! Ay, Nadine, tu mismo destino ya está escrito en tu nombre. ¿No sabes que Nadine significa esperanza? —dijo, y después, añadió—: Túpac Merino para servirte. —Y le tomó la mano pero no la movió.

Nadine rio. De súbito se sintió extrañamente magnetizada por aquel hombre. Túpac parecía un personaje de cuento magicorrealista latinoamericano. Su acento sedoso, su mirada penetrante, la extraña poética con la que teñía sus frases enigmáticas.

—¿De dónde eres, Túpac?

—Pues de todas partes y de ninguna. Nací en la frontera de Bolivia, pero ando errante por la tierra. —Túpac no le había soltado la mano, y Nadine no sabía cómo retirarla sin que eso resultara ofensivo. Entonces Túpac le volvió la palma hacia arriba, pero en vez de estudiar la maraña de surcos de su superficie, mantuvo sus ojos oscuros clavados en los de ella—. Veo muchos cambios en tu camino. Muchas cosas desaparecen de tu vida. Vuelves al pasado para recuperar cosas olvidadas. Hay una mujer que llora, un hombre que te ayuda. Después de la tormenta, viene una mañana clara.

—¿Una mujer que llora? —repitió Nadine.

—Una mujer que carga una pena antigua como una brasa.

—¿Y el hombre?

—Un hombre te ayuda. Un hombre al que desprecias, un hombre que todavía no reluce como lo que realmente es.

—¿Qué cosas van a desaparecer?

—Todo tu mundo se hundirá, tendrás que volver a recomponerlo.

Algo se tensó dentro de Nadine y retiró la mano. Se sintió invadida por un mal humor repentino. Hizo ademán de levantarse.

—Bueno, creo que es hora de irse.

—No te vayas todavía. Hay otra cosa. Tendrás que volver al ciclo de la Madre Tierra.

Nadine, ahora sintiéndose realmente molesta, dijo:

—Bueno, no quiero oír más. Es tarde y me tengo que marchar. —Pero no se movió.

Un camarero se acercó recogiendo vasos y copas, y Nadine le preguntó si todavía quedaba vino. El camarero asintió, salió un momento y enseguida le trajo una copa de vino tinto. Sentada con la espalda muy recta, dio un trago largo y sintió el calor del alcohol entrándole en las venas. Se relajó, y consciente de haber perdido otra vez la fuerza de voluntad para marcharse, volvió a posar los ojos sobre la cara enigmática de Túpac.

—¿Y de amor?

Túpac ahora sí miraba la palma de su mano. Hizo un movimiento negativo con la cabeza, y dijo lentamente, como saboreando cada palabra:

—Habrá algunos hombres. Pero la persona a la que más amarás el resto de tu vida será una mujer.

«La puntilla», pensó Nadine furiosa consigo misma por haberle estado escuchando tanto rato. Retiró su mano de la de él y la guardó instintivamente en su regazo. Túpac se levantó y se acomodó la bolsa de cuero parsimoniosamente en el hombro. Luego juntó los talones con un pequeño chasquido y se cuadró frente a ella ofreciéndole la mano.

—Nadine, ha sido un placer servirte. Siento que no te haya gustado lo que te he dicho. No siempre escuchamos de la fortuna lo que querríamos. Pero vas a ver que todo llegará a buen fin. —Y volvió a estirar la mano hacia ella en gesto de reconciliación. Nadine no la tomó—. Hay un dicho antiguo —dijo Túpac—: no tiene caso dispararle al mensajero. —Entonces Nadine extendió la mano con reticencia, y al entrar en contacto otra vez con la de Túpac, pequeña pero pesada como el plomo, se volvió a estremecer. Con una inclinación de la cabeza Túpac dijo—: No olvides que la tierra es siempre nuestra madre. Que Dios te guarde. —Y salió de la habitación.

*

—¿Un indio con coleta, traje y botas camperas? —Jimena recorría el salón recogiendo vasos. Habían encendido las luces, y el resplandor eléctrico dañaba los ojos a Nadine, acostumbrados al claroscuro de las velas—. ¿Estás segura? No lo he visto en ningún momento y desde luego no lo he invitado. ¿Será un amigo de los chicos? Pero dices que parecía cuarentón. ¿Y qué te dijo? ¡Qué locura! Querida, de verdad, qué lástima que no llegaras a echarte el tarot con el marqués. Increíble. Aunque al final se ha ido enfermo en un taxi. Dicen que es heroinómano perdido —dijo bajando la voz, aunque los últimos camareros estaban en el otro extremo de la casa—. Qué *pasé, ¿*no? Lo de la heroína es una antigualla del siglo xx. —Luego, viendo que Nadine todavía parecía preocupada, añadió—: ¡Bah! No te agobies. Yo no creo en esas historias. Seguro que estaba intentando flirtear. Haciéndose el interesante. ¿De qué otra manera va a hacer que una mujer maravillosa como tú le preste atención? Claro que lesbiana ni se te ocurra volverte. Y desde luego a mí no me mires, que yo definitivamente no estoy para esas historias. —Jimena se desplomó en el sofá, riendo—. Pero qué buena fiesta, ¿no? No hay nada como un buen bufé *smorgasbord.*

*

Nadine abre los ojos. Está tumbada sobre la cama vestida. Se ha quedado dormida mientras rememoraba la fiesta de Jimena y ahora siente la necesidad de confirmar la realidad del recuerdo y separarlo del escurridizo material de los sueños. Definitivamente, no es una fantasía. Todo lo que recuerda había ocurrido. Aquel extraño personaje, Túpac Merino, había pronunciado aquellas palabras y ella se había enfadado y había pensado que era un farsante. Y por supuesto, ella no cree en esas tonterías, y jamás pensó que sucedería nada de lo que le había vaticinado aquel hombre. Aunque ahora en retrospectiva, tiene que admitir que le han pasado muchas cosas desde aquel extraño encuentro. Su vida ha cambiado radicalmente. Para empezar está aquí ahora, sola, en la vivienda vacía de su amiga. Ha perdido su casa, su hogar, su matrimonio, hasta el trabajo.

Capítulo 3

Lleva días guardando en cajas las últimas cosas que quedaban en su antiguo piso, y hoy cuando vuelve a casa de Jimena, no puede soportar la idea de sentarse sola en la penumbra del salón o de tumbarse en la cama a leer un libro. No se puede quitar de encima las últimas imágenes de las habitaciones vacías, de las bolsas de basura tiradas por el suelo, de las pilas de objetos y libros que ya no caben en el guardamuebles. Augusto ha sido amable, pero distante. Se ha encargado de pagar los gastos del transporte y está lidiando con la venta del piso. Ella ha tenido que acceder a irse. De este modo se liquidará antes y cada uno tendrá su parte.

Lo más triste ha sido volver a ver la carita de *Rosco* cuando ha ido a dejarle la llave a la vecina que se va a quedar con él. Nadine sabe que va a ser feliz con ella y con sus dos hijas, que lo adoran, pero mirar sus ojos tiernos, escuchar sus pequeños gemidos entrecortados por lametazos desesperados le ha partido el corazón.

Ahora, recorre la casa de Jimena cuarto por cuarto encendiendo y apagando luces. Jimena le ha suplicado que se quede en su piso, que se lo cuide hasta que ella vuelva de Buenos

Aires, que así se queda tranquila de que al menos tenga un lugar agradable donde vivir en estos momentos difíciles. ¡Qué suerte tener una amiga como Jimena!

*

Nadine abre los grifos de la bañera y mezcla el agua hasta que sale tibia. Después vierte un chorro de espuma de baño que ha encontrado en un frasco azul marino con una etiqueta que dice «Burbujas de rosa y camomila», y la bañera se llena de una nube de pompas tornasoladas que desprenden un olor floral delicioso. Nadine se desnuda despacio y se mete en la bañera. El agua templada la envuelve en una caricia suave. La nariz le pica un poco por la proximidad de la espuma. Se ha pasado con las pompas de jabón.

La bañera de Jimena es lo que más le gusta de la casa. Es antigua, de hierro, honda, de bordes redondeados, sujeta por cuatro patas terminadas en garras de león. Dentro de ella, el cuerpo cabe entero, el agua llega hasta el cuello, y se siente un extraño abrazo rodeada por toda esa agua caliente contenida dentro del molde de hierro y bañado por esa porcelana antigua. La bañera está al lado de una gran ventana que da a la terraza junto al dormitorio de Jimena. El cuarto de baño es amplio, tiene un lavabo también antiguo, sobre el cual se alza un espejo grande. El cuarto está pintado de rosa pálido, con las esquinas desconchadas a propósito para obtener un efecto *vintage.*

En la pared de enfrente, un póster con la imagen de una flor gigante parece colocado a propósito para atraer la atención del que se encuentre en la bañera. «*Iris Blanco* de Georgia

O 'Keeffe», dice el cartel bajo la gran flor. El iris cuelga de la pared como si estuviera vivo, y Nadine siente que sus gigantescas proporciones hacen que ella disminuya físicamente, como si de repente se hubiera convertido en un insecto que observa hipnotizado una flor de cerca. El juego de sus pétalos enormes suavemente arremolinados produce una fuerza centrípeta que absorbe la mirada hacia su misterioso interior. La sensualidad de sus formas largas, encapuchadas, de tonalidades blancas, cremosas, contrasta con sus hendiduras oscuras, como pasillos hacia puertas prohibidas. Definitivamente hipnótico. Definitivamente sexual.

Nadine baja la vista. Las pompas de jabón se han ido deshaciendo y ahora puede ver su cuerpo pálido ondulando bajo el agua. Recorre sus formas lánguidas de aspecto adormecido, primero con los ojos y luego con las manos, sintiendo la piel entumecida, distante, como si se encongiera en un gesto hostil y aburrido bajo su tacto. La sensación de alguien amodorrado que no quiere despertar, o de alguien drogado que se niega a volver a la realidad. Nadine cierra los ojos y hunde la cabeza dentro del agua. Siente cómo se empapan sus cabellos, cómo el agua invade las cuencas de sus ojos, los orificios de la nariz y oídos. Ojalá pudiera quedarse así, sumergida en ese agua caliente, flotando dentro de esta burbuja acuática rodeada de hierro antiguo y porcelana. Pero enseguida siente ahogo y tiene que salir a la superficie. Agarrando los bordes de la bañera, se pone de pie y se mira en el espejo. Desde la cabeza le chorrea una cortina vertical de agua. Observa su cuerpo delgado, de piel tersa y blanca, demasiado blanca, sus senos pequeños, su pubis ordenado, sus muslos largos. Ese cuerpo que, aunque a ella le ha parecido siempre desgarbado, le ha ganado la admiración de otras mujeres en la playa o en la sauna. Ese cuerpo que según ellas se mantenía joven, terso, esbelto, que no reflejaba su edad, que podía vestirse con cualquier prenda. Y ahora piensa, sí, es delgado y terso, y tiene la piel blanca, impoluta, salvando sus numerosos lunares. Y no se le han caído los senos, los pezones se mantienen lisos, túrgidos como los de una adolescente.

Pero por contraste, su cara, ahora que ha superado los estragos del bótox, ha vuelto a sus arrugas, arrugas de expresión alrededor de labios y ojos, arrugas sobre su piel fina inglesa. Y bajo los ojos vuelve a tener ojeras. De repente es consciente de la contraposición entre su cara y su cuerpo, entre lo que asoma todos los días al exterior, a la vida, y lo que lleva cubierto. Como el día y la noche. Algo así como si hubiera caminado en el desierto con la cara azotada por el viento, mientras el cuerpo quedaba resguardado entre túnicas largas y oscuras como las que arropan a los nómadas de las arenas. Bajo ese manto su cuerpo había conservado una juventud espectral, casi obscena, comparada con la cara surcada por la vida. La vida. Eso era lo que le faltaba a este cuerpo. Había quedado congelado en el tiempo, los últimos veinte años no habían pasado por él. Ni sufrimiento, ni alegría, ni placer. Era un cuerpo conservado en el formol de la espera, de la apatía. Recuerda haber sentido envidia de otros cuerpos femeninos, cuerpos metidos en carnes, voluptuosos, mujeres con pechos grandes, redondos y caídos, pechos que han amamantado niños, barrigas con estrías que han cargado frutos hasta su maduración, cuerpos sensuales, desvencijados, que han amado con cada célula a sus hombres y a sus hijos. Carne que ha vivido a fondo cada instante de su recorrido. Los cuerpos de muchas de esas mujeres que a veces le han dicho en la playa: «Ay, Nadine, cómo te conservas. Mírame a mí. ¡Qué suerte tienes!».

Incluso el cuerpo de su hermana Alexandra, aun sin haber tenido hijos, era un cuerpo de apariencia más terrena que el suyo. Pequeño pero musculoso, de piernas fuertes, de caderas estrechas pero torneadas. Ella había heredado la fibra gallega de su padre, tenía la piel más consistente, y el cabello, aunque pelirrojo, fuerte y sedoso. En realidad, puestas la una al lado de la otra, no parecían hermanas. Nadine delgada y blanca, de ojos grises y pelo corto oscuro, Alexandra pelirroja de melena larga, de constitución atlética. Solo la nariz delataba su consanguinidad. Ambas tenían narices pequeñas, delicadas, respingonas, lo que confería al rostro un aire ligeramente infantil.

Vuelve a sumergirse en la bañera y piensa en su hermana. En la vez que Alexandra la convenció para que se embadurnara el cuerpo con barro en una playa desierta de Almería. Y cómo, una vez que la arcilla se secó sobre la piel y la volvió tirante, habían nadado juntas mar adentro mientras el agua desleía el lodo agrietado con lenguetazos salados. Recuerda perfectamente el reflejo del sol sobre los iris verdes de Alexandra, los destellos de sus dientes blancos, mientras se salpicaban con agua fría y reían a carcajadas. A su alrededor, el oleaje se agitaba y la corriente amenazaba con arrastrarlas hacia las rocas. De vuelta a la playa, se tumbaron sobre la arena y abrieron los cuerpos endurecidos por el frío al calor de sol. El azul infinito del cielo se filtraba a través de sus pestañas inundándole las cuencas de los ojos. Como una ceguera azul que impedía cualquier pensamiento, cualquier sensación más allá de la superficie cálida y rugosa de la arena o de la proximidad del cuerpo de su hermana respirando a su lado.

Las imágenes de aquel día se le habían quedado grabadas en la memoria. Eran recuerdos de los tiempos en los que la única persona que realmente le importaba en el mundo era su hermana Alexandra. Habían pasado muchos años y muchas cosas desde entonces.

*

Suena el teléfono en el salón. Nadine corre por el pasillo envuelta en una gran toalla.

—Nadine, ¿te desperté? Perdona, todavía me hago un lío con la diferencia de hora.

—¡Jimena! ¿Dónde estás?

—¿Dónde crees? Todavía en la linda ciudad de Buenos Aires, che..., y parece que aún por mucho tiempo. Pero quería asegurarme de que todo está bien. ¿Cómo estás?

—Cansada. He pasado días metiendo cosas en el guardamuebles. He logrado reducir mis pertenencias a cuatro maletas y diez cajas. Todo un logro.

—Bueno, es mejor así por ahora.

—Y tú, ¿cuándo vuelves?

—No sé. Por aquí todo discurre a cámara lenta. ¡Esto de las herencias con familias subnormales! No hay manera de que se pongan todos de acuerdo. Pasé el día de ayer sentada en la sala del notario esperando al boludo de mi primo para que viniera a firmar un documento, y al final ni siquiera apareció —dice, y añade cambiando el tono de voz—: pero, querida, he conocido a un porteño, ¡qué hombre! Estoy fascinada, guapo, tanguero; eso sí, sin un céntimo. ¡Pero no te imaginas cómo baila! ¡Una auténtica bestia! Ahora comprendo por qué dicen que bailar tango es hacer el amor de pie. En cuanto me echa el brazo por la cintura, me sube una fiebre de cuarenta y pico, y de ahí me voy a otro plano. Y bailamos y bailamos toda la noche. ¡Toda la noche! Te digo, el *Kamasutra* se quedó en la guardería. Y cuando finalmente llegamos a la cama, me sabe a muy poco en comparación. Estoy fascinada, simplemente no me lo puedo creer. —Jimena suspira y se queda en silencio por unos instantes. Nadine sabe que se está secando lágrimas de emoción—. Y tú, ¿estás saliendo con alguien? Espero que no te hayas vuelto a ver con ese italiano impresentable.

—Pues no.

—Bueno querida, no te preocupes, no vas a tardar en conseguirte un novio fabuloso —dice mientras Nadine pone los ojos en blanco.

—Por cierto, he vuelto a hablar con Cristina. Allá me la encuentro por las milongas en la noche porteña, enloquecida también por el tango. Me dijo que tu hermana lleva semanas en el hospital. Que está fatal. ¿Has hablado con ella?

El corazón de Nadine empieza a palpitar con fuerza.

—¿Cómo que está fatal?

—No sé nada más. Al parecer Amadeo está en París desde hace casi un año y tampoco sabe mucho de ella. Cristina me ha contado que rompieron hace tiempo. ¿No sabías nada?

—No tenía ni idea.

—¿La vas a llamar?

—Sí, ¡qué remedio!

En cuanto termina la conversación con Jimena, Nadine vuelve al dormitorio y se viste rápidamente. Pero ¿para qué?, si es de noche. Es incluso demasiado tarde para llamar a nadie. Suspira exasperada, camina hacia el salón y abre los ventanales que dan a la terraza. El aire caliente de la noche entra de golpe en la estancia alborotando las innumerables partículas de polvo que alberga. Se sienta en el sofá de terciopelo que también huele a casa cerrada.

No, no sabe nada de su hermana desde hace dos años. Y en todo este tiempo no se le ha ocurrido pensar si estaba bien o no, si todo seguía igual en su vida o no. Durante todo este tiempo lo único que ha hecho ha sido revivir una y otra vez todas las discusiones y las peleas, todas las situaciones imposibles que las han llevado a alejarse la una de la otra, a decidir que no se hablarían ni se verían más. Nadine había corrido una cortina, había cerrado los párpados como dos telones de acero y había vivido dos años como si su hermana no existiera. Ya no había que pensar en sus historias estrafalarias del teatro, ni en su relación desgarrada con Amadeo, o escuchar su discurso histriónico sobre la necesidad de beber la vida hasta la última gota. Todo ese ruido que tanto había ensordecido a Nadine se había acallado, había dado paso a una sensación de sosiego. A una gran calma chicha. La calma que siempre precede a una gran tormenta.

Nadine sabe que va a dormir mal esta noche. Que dedicará horas a hacer listas de gente a quien llamar para averiguar dónde está su hermana. Mañana sin falta hay que conseguir la información del hospital. Pasará las horas evitando entrar en los capítulos más difíciles de la memoria. Ahora está agotada. No puede más. Se tumba en la cama. Pero en vez de pensar en Alexandra, Nadine piensa en Gino.

Capítulo 4

El día que había conocido a Gino se había despertado tarde, y Jimena le había enviado un mensaje al teléfono móvil: «Puede verte hoy. Calle Academia número 7, a las dos y media de la tarde en punto. Aunque esté cerrado, llama y te abrirá. Buena suerte».

El corazón se le agolpó en la garganta y empezó a palpitar. Era casi la una. Dejó el café sobre la mesa y se puso en pie, nerviosa. Lo mejor era llamar inmediatamente a Jimena y decirle que había surgido un imprevisto, y que le era imposible acudir. Claro que su amiga nunca aceptaría la excusa. Jimena podía leerla como si fuera un libro abierto. Demasiado tarde para volver atrás.

Media hora después salía del portal y caminaba hasta el bordillo de la acera levantando la mano para parar un taxi. Aunque solo era principios de junio, hacía un calor insoportable. La luz cegadora del mediodía caía en vertical sobre la calle y le entraba por los ojos como un foco hipnótico que le producía ganas de bostezar. Se colocó las gafas de sol al tiempo que un taxi se le acercaba envuelto en una nube de vaho que se desprendía del asfalto. Una vez dentro del vehículo, se acomodó en el asiento y se relajó mientras observaba escenas de la ciudad agostada sucediéndose fuera de la ventana como en un sueño.

—Trabaja para un negocio de moda y le va muy bien. En eso es muy serio —le había contado Jimena a modo de preparación para el encuentro—. En su tienda hay ropa de marcas impresionantes a muy buen precio. Y tiene buen gusto, ya verás. —Jimena bebía un café moca a grandes sorbos por una paja ancha observándola con sus grandes ojos saltones, siempre alegres, siempre irónicos—. Pero luego tiene esa otra parte. Le encantan las mujeres, le vuelven loco. Y siempre está dispuesto. Es muy generoso. No quiere compromisos, pero, eso sí, hacerte pasar un buen rato...

Jimena sonreía y succionaba el café moca con más fuerza. Su pelo negro reluciente se extendía tirante desde la frente y las sienes hasta rematarse en una coleta que se abría en el vértice de la cabeza como una cascada. Bajo la mesa brillaban la tela elástica de su minifalda negra y los zapatos de charol al final de las piernas morenas y atléticas.

Ese día Nadine le había contado que Augusto se había ido de casa, y Jimena había escuchado con atención casi hipnótica cada detalle del relato.

—No, no me lo puedo creer. Imposible. ¡No me digas!

Sus ojos absorbían con voracidad todos los detalles de la escena: las ojeras de Nadine, su ropa descuidada, sus uñas desiguales y mordidas. Pero el abatimiento de Nadine era tal que solo podía sentir agradecimiento hacia su interlocutora.

—Querida, lo primero es recuperar la autoestima —decía Jimena con ojos teñidos de compasión—. Necesitas sentirte bien otra vez contigo misma. Necesitas sentirte deseada. Tú eres muy atractiva, pero mira cómo estás de dejada. —Y luego bajando la voz, añadía—: Mira, esto no te lo he dicho antes, pero hay alguien que te puede venir muy bien en estos momentos. —Y después de notar la presencia de otras dos mujeres, que desde la mesa de al lado parecían interesadas en la conversación, acercó su silla aún más a la de Nadine, y le dijo al oído—: Hay un tipo que recibe mujeres en su tienda y les da sexo. No pide nada a cambio. Además, solo le gustan las mujeres maduras. Tiene en la tienda unas chicas jovencitas preciosas, pero esas no le interesan nada. El morbo se lo dan las cuarentonas y las cincuentonas. Y hasta más. Le envié una amiga que tiene ya sesenta y la recibió inmediatamente. Ella quedó encantada. Te digo, es un tipo excepcional.

—Pero este hombre es entonces un *gigolò*... —balbuceó Nadine.

—Un *gigolò*, pero gratis, querida, eso es lo mejor de todo. No pongas esa cara. Es simplemente un hombre generoso con las mujeres. ¿Qué saca él de todo ello? Pues algo sacará, me imagino. Pero eso da igual, lo importante es que es compasivo y un gran amante. —Jimena la observó un momento, mientras Nadine digería la información, y luego añadió disimulando una sonrisa—: Ya le he hablado de ti...

—¡No es posible! Jimena, no empieces, porque no voy a ir...

—¿Qué me dices? Sería una locura perderse esta oportunidad.

—Jimena, no insistas. No voy a ir.

*

—Por favor, déjeme en la esquina.

En cuanto bajó del taxi, inspeccionó la calle en busca del número 7, mientras empezaba a sentir oleadas de ansiedad subiéndole desde los empeines de los pies hasta el abdomen.

El número 7 era un edificio señorial de piedra clara con grandes ventanales y balcones voluptuosamente redondos. La tienda del bajo tenía tres ventanas cubiertas con rejas ornamentadas, detrás de las cuales se entreveían delgados maniquíes vestidos con ropas de colores vivos. «*Outlet*. Ropa de marca. Armani, Gucci, Coach», decía un gran cartel en la parte superior de los escaparates.

Miró el reloj. Eran las dos y dieciocho minutos. Al lado de la tienda había un bar oscuro. Entró rápidamente y sintió alivio inmediato en la sensación de cueva que le produjo el espacio claustrofóbico. Pidió un café en la barra. Un camarero con mirada displicente y además hostil le colocó descuidadamente una taza y un terrón de azúcar sobre el mostrador. Nadine bebió un sorbo sintiendo cómo el líquido amargo le caía por la garganta hasta el esófago y le hacía palpitar aún más el corazón. Miró el reloj otra vez. Las dos y veintitrés. Perlas diminutas de sudor le corrían por la frente.

—¿Dónde está el servicio? —le preguntó al camarero.

El camarero secaba vasos con un paño blanco mirándola de soslayo. Le indicó el fondo del local con un gesto de la cabeza.

En el baño minúsculo se quitó las gafas de sol y las dejó cuidadosamente sobre el lavabo. Después se miró al espejo y con una toalla de papel secó el sudor que le brotaba por la cara y el cuello. El maquillaje de los ojos se le había corrido y llevaba los labios sin pintar. Nerviosa, abrió el bolso para descubrir que se había dejado los lápices de ojos y el pintalabios en casa.

—¡Mierda! —pensó en voz alta.

Hacía un calor angustioso en el baño. Sintió la opresión de la camisa y del sujetador sobre las costillas. Se salpicó agua en el rostro y en el cuello, y salió.

De vuelta en la barra, observó que el reloj sobre la pared detrás del camarero marcaba las dos y treinta y cinco.

El camarero la miró con sorna pasándose un palillo mondadientes de un lado a otro de la boca.

—No se preocupe. La tienda de ropa no cierra al mediodía.

Furiosa, Nadine sacó varias monedas del bolso y las tiró sobre la barra. Salió por la puerta hacia la luminosidad cegadora del mediodía.

En la calle volvió a ponerse las gafas de sol. Todo estaba en silencio inundado por el calor abrumador. Caminó con determinación hacia el número 7. Cuando llegó a la puerta pulsó el timbre y esperó. No se veía nada a través del cristal ahumado. El interior del local era todo oscuridad, menos un rectángulo de luz vertical al fondo. De allí venía el sonido de una voz agitada hablando con vehemencia. Sonaba como alguien discutiendo acaloradamente por teléfono, aunque era imposible distinguir las palabras.

Nadine volvió a tocar el timbre y la voz bajó de tono. Al cabo de algunos segundos, vio salir la sombra de una figura que se encaminó hacia ella. La llave giró dos veces mientras el corazón le daba un vuelco y retenía la respiración. Un hombre moreno apareció en el umbral. Tendría unos treinta y cinco años. Llevaba una camisa blanca con el cuello abierto y el nudo de la corbata le colgaba por la mitad del pecho. Un mechón de cabello oscuro le caía en una onda larga por la frente sobre el ceño fruncido entre las cejas largas y finas.

—¿Gino?

—Señora, la tienda está cerrada, abrimos a las cinco. Tendré mucho gusto en atenderla entonces.

—Soy la amiga de Jimena...

—¿La amiga de Jimena? ¡Ah, sí! —Los nubarrones de su mirada castaña se disolvieron con esfuerzo en una sonrisa mostrando la hilera de dientes blancos perfectos entre los labios sensuales—. Martine, ¿no?

—Nadine.

—Claro, Nadine. Cómo pude olvidar un nombre tan *bello*. Entra, por favor. Y perdona la apariencia tan horrible...

Se ajustaba la corbata y se abotonaba la camisa a toda prisa mientras Nadine cruzaba el umbral de la puerta. Con un movimiento ágil y elegante, deslizó una americana color hueso de una percha a sus espaldas y se la puso. Dio dos vueltas a la llave de la puerta y se volvió hacia ella.

—Bienvenida, Nadine. Jimena me ha hablado mucho de *te*. —Le tomó la mano y la besó, mientras la miraba a los ojos con una profundidad exagerada.

*

—Ya verás que es un caballero. —La sesión preparatoria de Jimena había sido intensísima—. Para empezar, es guapísimo y tiene el cuerpazo del siglo. Te recibirá con una camisa impecable, corbata de seda y una americana italiana perfectamente cortada. Luego, te llevará al cuarto de adentro y te ofrecerá un vaso de vino blanco helado. Y después de brindar, empezará a quitarse los gemelos de oro de las mangas y a desabrocharse el cuello de la camisa. Finalmente, bueno, para qué te voy a contar todo; no quiero estropearte la película, es mejor que la disfrutes tú...

*

Gino la miraba sonriendo y hacía ademán teatral de cederle el paso.

—Hace un calor *insopportabile,* ¿no? Por fortuna tengo un chianti helado en el frigorífico. ¿Qué, te parece tomar una copa? —Y caminaba delante de ella hacia el fondo de la tienda.

Los ojos de Nadine ya se habían hecho a la oscuridad y avistaban la decoración elegante del local. Reflejado sobre los grandes espejos laterales que se extendían del techo al suelo, miraba el perfil en sombras de Gino, y cómo se colocaba cuidadosamente el flequillo a un lado de la cara.

El cuarto de atrás era una oficina sin ventana con un escritorio a un extremo y un gran sofá de cuero claro en el otro. Una moqueta beis mullida cubría el suelo. Una lámpara de pie en la esquina proyectaba una luz ámbar sobre el sofá. Gino cerró la puerta cuidadosamente, y con otra reverencia teatral mostró a Nadine el sofá.

—*Prego,* ponte cómoda.

Nadine se sentó en el borde del sofá. Gino sacó una botella de un refrigerador pequeño, y con movimientos rápidos y evidentemente ensayados, sacó el corcho, puso una gran copa en la mano de Nadine y sirvió el chianti. Nadine miraba de reojo su cuerpo delgado pero musculoso, sus manos cuidadas, sus zapatos italianos estrechísimos y relucientes. Gino se sentó a su lado con una sonrisa que le atravesaba la cara mientras le perforaba los ojos con una mirada de galán de cine.

Brindaron.

—Por el calor *insopportabile* que felizmente se apaga con chianti *freddo* —dijo Gino. Nadine sonrió. Se bebió la copa de chianti casi de golpe y se la ofreció inmediatamente a Gino para que se la volviera a llenar—. Así me gusta. Una mujer *bella* con mucha sed. —Nadine ahora rio. El chianti helado le recorría las venas produciéndole una sensación pesada de placer en las piernas y en los brazos—. También me gustan las mujeres que saben reír. —Gino apretaba los labios contra su mano y la miraba con ojos sonrientes—. En el mundo de hoy, en esta *la nostra globalizzazione,* la risa es un arte olvidado. ¿No ves toda la gente en el metro, en las oficinas, en los centros comerciales? Todos serios, caras largas. Nada de risa, ni de sonrisas; nada de *amore.* —Los dedos de Gino ya habían avanzado hasta la garganta y la nuca de Nadine—. Nada de *dolce far niente,* olvidada la *meravigliosa* costumbre de la siesta...

Sus manos habían bajado hasta sus senos y los acariciaban suavemente. Nadine empezó a sentir un temblor que le surgía de rodillas y muslos, y ascendía incontrolable hasta los labios que apretaba contra los de Gino.

—Tranquila, tranquila, tenemos mucho tiempo. —Gino susurraba mientras le levantaba la camiseta y la deslizaba por encima de la cabeza. Pero el temblor de Nadine iba en aumento, y ahora le sacudía el torso y el abdomen—. Bebe más chianti. Verás cómo te relajas. —Gino le soltaba la cintura de los pantalones, abría la cremallera y le besaba el ombligo, las caderas.

Nadine apretaba los músculos para reprimir la agitación que no cesaba y le hacía tiritar. Sin embargo, gradualmente, el temblor se convertía en una especie de vibración acelerada que se arremolinaba en los puntos de placer de su cuerpo, los labios, los pezones, la orilla del abdomen. Los dilataba, los expandía, los hacía crecer multiplicando rápidamente las terminaciones nerviosas que se abrían en cada poro como bocas sedientas, pequeños labios expectantes. El deseo la invadió, mudo e incontenible, como la imagen de un tsunami en cámara lenta.

Gino se quitaba la corbata con el rostro enardecido, la camisa, el cinturón, sin dejar de clavarle los ojos, y de decir:

—Así, así, tranquila, tenemos todo el tiempo del mundo.

—Su cuerpo robusto y cálido se tumbaba sobre el de Nadine.

De pronto sonó el timbre de la puerta. Nadine y Gino contuvieron el aliento. Sonó otra vez, ahora más largo. Y volvió a sonar una y otra vez, impaciente y furioso. Gino susurró:

—No te muevas. Hay un error. La tienda no está abierta. Ahora se van. —Y siguió besándola.

Pasó un momento. Pero los timbrazos no se fueron. Siguieron insistiendo cada vez más seguidos.

Gino se incorporó finalmente.

—*Scusi*, voy a tener que ir a ver qué pasa —dijo, abrochándose la camisa y el pantalón con asombrosa rapidez. Salió de la oficina peinándose el flequillo con los dedos y cerrando la puerta cuidadosamente.

Nadine escuchó sus pisadas alejarse y después oyó que abría la puerta y hablaba con alguien. Era la voz de una mujer. La conversación se alargaba. Nadine no llegaba a escuchar lo que decían. La mujer empezó a gritar a la vez que un niño rompía a llorar. Las voces se oyeron ahora más cerca. Habían entrado en la tienda. Se oía al niño sollozar cada vez más fuerte. Nadine distinguía ahora las palabras de la mujer.

—No, no me voy. Cuando tú hagas frente a tus responsabilidades, me podrás exigir. Y ahora voy a entrar en esa oficina.

—Marina, te pido por *il bambino*. Vamos a hablar de esto con calma.

—El *bambino* va a tener que ver que su padre es un mentiroso y un sinvergüenza.

Nadine dio un respingo y buscó su camiseta por el suelo. La encontró justo a tiempo, antes de que la puerta se abriera de golpe y apareciera una mujer menuda de pelo rubio y lacio con un niño de unos dos años a horcajadas sobre una cadera. La chica se paró en la puerta con cara de sorpresa. Nadine se tapaba el pecho con la camiseta que no le había dado tiempo a ponerse. El niño había dejado de llorar y se restregaba los ojos y la nariz con los puños. La chica la miró con odio.

—Zorra —dijo, y luego se volvió a Gino y empezó a gritar—: ¡Cabrón! ¡Me mientes una y otra vez, hijo de puta!

El niño rompió a llorar de nuevo, y con un movimiento rápido y lleno de furia, la mujer entró en la oficina, sentó al niño en el sofá y se lanzó a golpear a Gino con los puños y a llenarlo de insultos. El niño alargaba los brazos hacia su madre sollozando, y repentinamente cayó del sofá al suelo. Su llanto se hizo aún más lastimero.

Nadine se puso rápidamente la camiseta y los pantalones y se arrodilló junto al niño, lo incorporó y lo tomó en sus brazos. La carita llena de lágrimas y mocos se hundió en su pecho, donde continuó gimiendo. Nadine comprobó que no se había hecho daño. Su madre lloraba ahora también mientras forcejeaba con Gino, que la tenía agarrada por los brazos. De repente, algo en ella se rindió y dejó de luchar, mientras su cuerpo pequeño y fatigado caía sobre el de Gino. Él la abrazó susurrando:

—Perdóname, Marina, *sono un imbecille, un sovrano bastardo.* —La meció entre sus brazos al tiempo que un silencio violento invadía la escena.

Nadine sintió la urgente necesidad de salir corriendo de allí, pero no sabía qué hacer con el niño. Hizo además de dejarlo otra vez sobre el sofá, pero el niño volvió a gritar de nuevo. Gino levantó la mirada y dijo con frialdad:

—Yo me ocupo de él. Gracias. —Y, sin soltar a la mujer, alargó un brazo. Nadine le acercó el niño. Él lo agarró sin esfuerzo aparente y lo apretó contra su pecho. La mujer también rodeó al niño con el brazo y los tres quedaron así enlazados.

Nadine aprovechó el momento para agarrar su bolso y salir rápidamente de la oficina. Cruzó apresuradamente la tienda, abrió la puerta y salió a la calle. El calor aplastante y la luz cegadora de la calle le cortaron la respiración. Se apoyó contra la pared y buscó temblorosa las gafas de sol dentro del bolso. Sentía el corazón apretado dentro del pecho. Empezó a caminar calle abajo. Al pasar por el bar cerca de la tienda, vio de soslayo al camarero, que la miraba del otro lado del ventanal, y reconoció el sarcasmo con el cual la había recibido al principio, cuando había entrado a tomar un café y a hacer tiempo.

Capítulo 5

*P*arece increíble que todavía no haya encontrado la manera de comunicarse con Alexandra. Muchos de los teléfonos que tiene apuntados en su agenda están desconectados. El de la casa de Amadeo tiene un mensaje diciendo que está en París montando una obra. Cuando intentó dejar un recado, el buzón estaba lleno. Le ha pedido a Jimena que obtenga su número en París por medio de su hermana, pero no han vuelto a coincidir en las veladas tangueras habituales. Nadine se ha acercado un par de veces hasta la casa de Alexandra, sin embargo nadie ha abierto cuando ha llamado al timbre. Ha esperado junto al portal un rato largo, pero la única vecina que ha salido le ha dicho que hacía mucho tiempo que no veía a Alexandra. Nadine ha comenzado a desesperarse. Parece que la tierra se ha tragado a su hermana. Le empiezan a pesar los dos años en los que no ha hecho nada por verla. Solo le queda una carta que jugar: ir al teatro Espiral.

El teatro Espiral está en un pequeño local situado en la calle del Olivar del barrio madrileño de Lavapiés. Cerca de donde ella y Alexandra alquilaban la buhardilla hacía muchos años. El barrio le trae a Nadine una mezcla agridulce de recuerdos. La libertad de aquel tiempo anterior a su vida con Augusto, la relación cercana con su hermana, sus sueños de escribir. Pero, a la vez, estrecheces económicas, la noticia del accidente mortal de su padre, la desastrosa entrada de Amadeo y del teatro Espiral en la vida de Alexandra y, por ende, en la suya. Ahora todo parece un sueño lejano, y viñetas del pasado entran y salen de su mente y se entrecruzan con las escenas callejeras que observa mientras camina por las calles.

Lavapiés es uno de los barrios de Madrid que no se vacían mucho en agosto. Barrio de emigrantes pobres y de artistas bohemios que no siempre tienen los medios de procurarse vacaciones. Al final de la tarde, cuando el calor aplastante se deja templar un poco por la promesa de la noche cercana, los habitantes de Lavapiés se desentumecen dentro de sus habitáculos, apagan ventiladores y ruidosos aparatos de aire acondicionado, y salen a la calle a respirar. Las plazas se llenan de niños de diferentes etnias jugando y formando algarabía. Los bares y pequeños restaurantes llenan las aceras de sillas y mesitas, tenderos de pequeños comercios abren las puertas a la calle, sacando butacas y taburetes donde sentarse a tomar el fresco y hablar con amigos y vecinos. Es el momento de fiesta de la jornada.

Desde la calle, el teatro Espiral tiene una fachada estrecha sin ventanas con una puerta de dos hojas metálicas verdes de aspecto deteriorado, encima de las cuales un letrero pintado a mano en azul y rojo anuncia su nombre, junto con un logo artesanal que parece más un laberinto que una espiral. Hoy hay un póster pegado con cinta adhesiva sobre la puerta anunciando la función en curso: *Marujas hechizadas, un espectáculo de humor y magia casera.* Y, bajo el título, una foto de dos hombres trans vestidos con batas de ama de casa y delantales, empuñando una escoba uno y una olla a presión el otro. Nadine se sorprende. Parece un cambio radical en la programación de hace uno o dos años, cuando las obras eran títulos serios *avant-garde* y experimentales de autores como Alfred Jarry, Pirandello y Dario Fo, o clásicos como Shakespeare, Molière, Miller o Eugene O'Neill. Amadeo y Alexandra siempre se han enorgullecido de la calidad de su teatro y han despreciado obras menores de escasa calidad. Evidentemente, algo ha cambiado.

Llama al timbre. Al leer la letra pequeña del póster comprueba que hoy es uno de los días de la semana en los que no hay función. Quizá no haya nadie. Pero cuando insiste, oye pisadas caminando hacia ella. La puerta se abre. Un hombre alto y delgado, con pelo largo teñido de rubio y vestido con un traje corto de flores, se asoma.

—Hoy no hay función —dice con acento afectado, pero después de observar brevemente a Nadine, añade—: Aunque si quieres te vendo entradas para mañana.

Su aspecto le resulta conocido, pero Nadine no termina de situarlo. Él también la mira con curiosidad. De pronto, dice:

—¿Tú no eres la hermana de la Pelirroja? —La Pelirroja era el apodo de Alexandra en el barrio.

—¿Y tú no eres Ricardo?

—Ahora me llamo Vanessa. Con dos eses. —Vanessa la mira desafiante—. Todos evolucionamos, ya sabes —añade con desdén.

—Vengo buscando a mi hermana —le dice Nadine.

—¿Tu hermana? ¡Pero si lleva meses en el hospital! Y tú, ¿no sabes nada? ¡Ay, Dios mío!

—¿Me puedes decir en qué hospital está?

Vanessa la mira con cierta desconfianza, pero, al ver que Nadine se ruboriza intensamente, dice:

—Anda entra, que tengo la información en la oficina.

Pasan y Vanessa corre un gran cerrojo sobre la puerta metálica. Nadine tarda unos momentos en ajustar los ojos a la oscuridad. La sala está mal iluminada y huele a moho y a sudor. Es la sala anterior al escenario. A la derecha tiene el mostrador, donde se venden las entradas, cubierto de postales y panfletos anunciando otras funciones. El color gris plomo y rojo veneciano de las paredes está bastante deteriorado. Nadine todavía recuerda el día en que ayudó a Alexandra a llevar hasta allí los grandes botes de pintura.

Una sensación de malestar se apodera de ella mientras caminan hasta la pequeña oficina del fondo. Cuántas veces habrá visto a su hermana fregar estos suelos de cemento. Era una de las tareas que le exigía Amadeo, mientras él se ocupaba del *marketing* y *public relations*. La recuerda con el pelo recogido con un pañuelo, rodeada del olor a lejía.

Vanessa camina desgalichada delante de ella, bamboleando las caderas bajo la falda de flores.

—¿Tú no eras el encargado del vestuario? —le pregunta Nadine, intentando desviar sus pensamientos.

—Así empecé —responde Vanessa—, pero ahora que Amadeo está en París y tu hermana ingresada, me he quedado yo a cargo del teatro.

En la diminuta oficina llena de panfletos, papeles y toda suerte de objetos indescriptibles pertenecientes al atrezo, Vanessa rebusca en los cajones del escritorio viejo y saca un papelito.

—Hospital Asclepio. Habitación 2001. Pero a lo mejor la han cambiando. Esta información es de hace más de un mes. —Y mientras Nadine lo apunta en su agenda, Vanessa se sienta en la silla tras el escritorio, acerca la cara y, adoptando un tono de confianza, dice bajando la voz como si alguien las pudiera oír—: Pero ¿de verdad que no sabías que estaba enferma?

—No lo sabía. Llevamos tiempo desconectadas —dice Nadine con esfuerzo.

—¡Ay, Dios mío! —dice Vanessa en tono trágico teatral—. Se empezó a caer, como que se desmayaba o perdía el equilibrio, luego le dolía muchísimo la espalda, y esos lunares negros que le empezaron a salir por el cuello. —Nadine escucha sus palabras mientras le invade un escalofrío que le pone la piel de gallina en todo el cuerpo—. Y ya sabes cómo es ella. Le decíamos y le decíamos, pero nada, ni pensar en ir al médico. Y solita, sin Amadeo. Él ya por allí en París, y ni le pidió que se fuera con él. Después de todos los años que han trabajado juntos, en un minuto, ¡plas! A la basura. Pobrecita. —Vanessa se frota los ojos como secándose lágrimas—. Bueno, menos mal que tú has aparecido. Se alegrará de verte.

—Gracias, Vanessa. —Nadine se levanta para irse. Tiene el cuerpo rígido y le duele la garganta. No puede estar un momento más allí.

—De nada, niña. Dile que cualquier día voy a verla. Pero que acabo de poner esta función y no tengo tiempo para nada. —Vanessa camina tras ella hacia la puerta de salida—. Y tú, vente a ver mi obra, que está superguapa. La ha escrito mi marido y actuamos los dos. Martes, jueves y sábados. El resto de los días tengo que alquilar el local a uno que da clases de yoga o algo así. Ya sabes lo difícil que está pagar el alquiler. —La voz de Vanessa se diluye mientras Nadine, ya fuera del teatro, baja por la Cuesta del Olivar.

*

No encuentra un taxi en todo el barrio. Cuando sale a la calle Atocha ya es noche cerrada. Se mete en el primer bar que encuentra y se sienta en la barra. Está casi vacío. Huele a cerveza y a mayonesa rancia. Una luz verdosa de neón desciende desde el techo dándole al espacio un aspecto cadavérico. En la parte alta de la pared, a la izquierda, una presentadora de televisión habla atropelladamente desde la pantalla: «Dos soldados españoles han muerto hoy en Afganistán en un atentado callejero perpetrado por civiles sospechosos de pertenecer a una de las células de Al Qaeda. Los soldados, José María Pérez Rodríguez y Pablo López Pechoromán, de diecinueve y veinte años de edad respectivamente, patrullaban un barrio apartado de Kabul que ya ha sido anteriormente escenario de otros atentados. Las familias esperan angustiadas la llegada de sus cuerpos a España». Imágenes de camiones cargados de soldados con cascos y metralletas se sustituyen por escenas de mujeres llorando y enseñando fotos de dos hombres jóvenes sonrientes. La locutora pasa rápidamente a dar avances de otras noticias: «Y, dentro de unos minutos, volveremos otra vez con noticias de nuestras tropas en Afganistán, la caída de la Bolsa de Londres y las inundaciones en el continente asiático». Después se sucede una ristra de anuncios. Un camarero joven de aspecto latinoamericano se acerca a Nadine desde detrás de la barra para preguntarle qué quiere y se queda mirándola con cierto susto después de que ella balbucea:

—Un *gin-tonic*, por favor.

Nadine cae en la cuenta de que está llorando. Saca del bolso las gafas de sol y se las pone. Los demás camareros la miran en grupo ahora, desde el extremo de la barra. El más viejo se le acerca con el vaso de *gin-tonic* y se lo pone delante diciéndole con voz afectuosa:

—¿Le pongo una tapita? ¿Un choricito? ¿Unas setitas?

—No, muchas gracias. —Nadine da un trago largo de la ginebra, y siente cómo empieza a recobrar el control de sí misma.

—¡Baja la televisión, Paco! —grita el camarero volviéndose hacia el fondo de la barra—, o mejor, cambia el canal, que no estamos aquí para noticias tristes. Eeeeso —añade con satisfacción cuando un programa concurso, con una rubia platino en minifalda, aparece sobre la pantalla. Volviéndose a Nadine, dice—: No tendrá usted a nadie de su familia por allá... —Nadine mueve la cabeza negativamente—. Bueno, no se preocupe. Cualquier cosa que quiera, me llama —le responde el hombre con afecto.

Nadine ya ha terminado su *gin-tonic*. Le pide otro.

Con la vista fija sobre la superficie de la barra de mármol, Nadine saborea la sobriedad emocional que de forma paradójicamente poética le proporciona la ginebra desde las venas. Detrás de las gafas de sol las vetas del mármol se dibujan en aguas marrones y verdes esparcidas por la barra. El sabor ácido de la ginebra le sube desde el fondo de la garganta hasta el centro del cerebro, otorgándole suficiente templanza para analizar la situación desgarradora en que se encuentra. ¿Cómo ha podido pasar tanto tiempo? Y ¿qué las ha separado de esta manera?

¿Cómo es posible que su hermana llevara meses en el hospital y ella sin saberlo? Es fácil echarle la culpa a Augusto. Alexandra y él habían sido enemigos mucho tiempo. Durante años, Nadine había vivido en medio de la guerra que se habían declarado desde el momento en que se conocieron. La última vez que se habían peleado, en un bar parecido a este, Augusto había puesto a Nadine entre la espada y la pared. Alexandra había traspasado la barrera última que Augusto podía tolerar.

*

Nadine recuerda la furia con que le había hablado de su hermana al día siguiente:

—Tu hermana está loca —Augusto había repetido varias veces—. Totalmente loca. Yo, personalmente, no quiero tener nada más que ver con ella. O sea, que no me pidas que vaya a no sé qué reunión o al cumpleaños de no sé quién. Creo que ya la he aguantado bastante. La quiero fuera de mi vida. —Se había limpiado la boca con la servilleta de papel y, después de apretarla con el puño, la había tirado con rabia sobre el plato antes de levantarse, abrocharse la americana y salir por la puerta—. Además, va a terminar mal. Muy mal. Al tiempo —dijo antes de dar un portazo.

Nadine permaneció sentada a la mesa del desayuno. Las imágenes de la noche anterior todavía le nadaban por la cabeza. El tugurio oscuro con luces rojas palpitantes sobre el escenario. La burbuja de humo envolviendo el espectáculo como un hongo nuclear, y aquella colección de figuras opacas con caras ávidas blandiendo largos vasos de alcohol con hielo.

Y el espectáculo. En escena, enroscadas como serpientes alrededor de barras, tres mujeres bailaban semidesnudas al son de una música densa. En la barra del centro, el cuerpo translúcido de Alexandra se deslizaba sobre el metal irradiando resplandor desde la cabellera roja desparramada sobre la piel increíblemente blanca. Al igual que las otras dos bailarinas, iba totalmente desnuda salvo por un tanga de lentejuelas y un collar de perro al cuello de tachuelas brillantes. Pero ella era sin duda el centro de atención de la concurrencia. Todos los cuellos se alargaban, todas las miradas se dirigían hacia ella. Era imposible retirar los ojos de los botones carmesíes de sus pezones, imposible no hacer caso de la mirada hipnótica y arrogante que descollaba sobre su cuerpo desnudo.

Nadine miró a Augusto de soslayo, y pensó que había sido un gran error pedirle que la acompañara a ver «bailar» a su hermana. Alexandra no había especificado el tipo de danza cuando hacía unos días le había dicho:

—Estoy bailando en un local los jueves por la noche. Es trabajo extra que hago para ayudar a financiar la puesta en escena de la nueva obra de teatro. Pásate algún día. Tiene su gracia.

Sin embargo, hubiera podido imaginar el tipo de baile del que se trataba nada más entrar en el antro. Al pasar la cortina roja, un hombre joven corpulento con cabeza pequeña y mandíbulas apretadas la había mirado con extrañeza, antes de decirle a Augusto:

—Solo recordarle al señor que, fuera de darles propinas, a las chicas no se las puede tocar.

Una vez dentro del tugurio, Nadine enseguida comprobó que era una de las pocas mujeres entre la audiencia. Todo eran hombres vestidos con traje y corbata. Y en sus poses había cierta tensión.

—No tenía ni idea de que se trataba de uno de estos lugares —le dijo apresuradamente a Augusto—. Si quieres, nos vamos... —pero él no le contestó, sino que se apoyó en la barra y pidió dos *gin-tonics*.

Cuando le puso en la mano el vaso frío, Nadine lo bebió a tragos largos. Enseguida, Augusto le proporcionó un segundo *gin-tonic* helado. El alcohol empezaba a hacer su efecto. Ahora las pupilas de Nadine se empezaban a ablandar y podían penetrar la oscuridad del local. Barrió con la vista la hilera de semblantes arremolinados alrededor del escenario. A pesar de la distancia que las separaba, hizo contacto visual por un segundo con Alexandra. Sus ojos chocaron y parecieron erizarse como si hubieran generado electricidad estática. Alexandra desvió la mirada y volvió inmediatamente a su papel. Con el cuerpo suave y difuso fingía una postura de cautiverio, las manos atadas en alto con cadenas invisibles. Se retorcía en cámara lenta alrededor de la barra, esbozando gestos trágicos que recordaban a actrices de cine mudo.

Cerca de Nadine, dos ejecutivos jóvenes observaban el espectáculo fascinados. Eran hombres guapos. Uno era rubio, enjuto, con ojos claros y rasgos afilados como los de un felino. El otro tenía la tez morena, y el pelo negro, largo y ensortijado. Mientras daba los últimos tragos del segundo *gin-tonic,* Nadine observaba prendada al hombre moreno, sus labios voluptuosos y las mejillas endurecidas por una barba de dos días. Imaginaba cómo sería la sensación de restregar su rostro contra esa superficie dura que probablemente sabría a sal. Pero fue el hombre rubio quien se volvió hacia ella y le clavó una mirada depredadora. Instantáneamente Nadine se sintió desnuda. La desnudez la percibió inicialmente en las pupilas, unas ventanas abiertas por donde los ojos rapaces del hombre penetraron brutalmente invadiendo el conducto de la garganta hasta el plexo solar. Le palpitó el corazón con violencia. Turbada, bajó los ojos y se acercó al cuerpo de Augusto.

En ese momento, la música cambió su ritmo denso tecno por el bandeo de un saxo burlón. Las bailarinas dejaron las barras y ondulaban los cuerpos hacia la franja del escenario donde acababa el foco de luz y comenzaba la masa oscura de cabezas envueltas en humo. Al llegar al borde, Alexandra se dejó caer dramáticamente sobre las rodillas dobladas, mientras se bamboleaba al son de la música y acercaba el torso hacia un grupo de hombres que ya se empezaban a soltar las corbatas. Levantaba los brazos haciendo movimientos arabescos con las muñecas hasta juntar las manos arriba y las volvía a bajar. De improviso, y con la agilidad de una cobra que ataca, agarró la corbata del hombre que tenía delante y lo atrajo hacia sí de un tirón. Hubo un corte de respiración general. La cara del hombre quedó a unos centímetros de los senos de Alexandra, que temblaban ligeramente. El saxo paró de tocar y el momento de silencio se llenó de una extraña ansiedad.

Entonces Alexandra soltó la corbata y empujó al hombre hacia atrás mientras le hacía con la otra mano una caricia en la mejilla y murmuraba:

—¡Guapoooooo!

La cara del hombre se tiñó de escarlata mientras se volvía hacia sus amigos. Era posiblemente el hombre más feo del local.

Gritos de aclamación brotaron de la audiencia y el saxo inundó el espacio de nuevo. Manojos de manos se proyectaron hacia el cuerpo de Alexandra introduciéndole en el tanga lo que a Nadine le parecieron cientos de billetes de euros, mientras gritaban:

—¡Preciosa! ¡Házmelo a mí! ¡A mí! ¡A mí!

El tono iba subiendo y los comentarios empezaban a ser soeces. Un hombre evidentemente borracho se abrió paso a empujones y, mientras alargaba una mano con un billete de quinientos euros, gritó con voz gangosa:

—¡Quítate el bikini y ya sabes dónde te pongo este dinero!

Hubo risotadas al inicio, pero luego se hizo un silencio. Alexandra lo miraba fijamente sin pestañear. Sin quitarle la vista introdujo ambos dedos índice bajo los cordones de su tanga, mientras levantaba las caderas a cámara lenta. El hombre, paralizado frente a ella, sudaba a ojos vista. De pronto, con otro movimiento rapidísimo, Alexandra le arrebató el billete de la mano, se puso en pie de un salto y dándole la espalda, le sacudió las nalgas en la cara lanzando una carcajada estridente. La audiencia rompió a reír con ella. El hombre se cegó de rabia:

—¡Ven aquí, zorra, que ese no era el trato!

Mientras, Alexandra se burlaba de él exhibiendo el billete con la mano alzada. El hombre se intentó encaramar, furioso, al entarimado. Alexandra esquivó uno de los zarpazos dirigido a sus tobillos, en tanto que algunos hombres trataban de sujetar al individuo. Ella y las otras dos bailarinas se apresuraron a dejar el escenario. El hombre se revolvió como un jabalí acorralado y comenzó a dar golpes y patadas. En un momento estalló una pelea.

Los acontecimientos se sucedieron muy deprisa. Los guardias de seguridad aparecieron en un instante y se lanzaron sobre el hombre, que se resistía peleando con todo el aquel que estuviera a su alcance. Un puñetazo en la cara le rompió un labio a la vez que un borbotón de sangre le salió por la nariz. Otros dos hombres, probablemente amigos, se acercaron gritando a los guardias. El resto de la audiencia se apartó, creando un círculo alrededor de la contienda.

La marea del gentío arrastró a Nadine hacia la oscuridad, lejos del círculo de luz del escenario. Se sintió aprisionada en una melé de cuerpos calientes y sudorosos que oscilaban aterrados para alejarse de la violencia. Unos brazos de acero la atraparon por detrás y la apretaron contra un cuerpo duro y palpitante. En un instante alcanzó a ver un trazo del perfil de Augusto en el ángulo opuesto del local. Los brazos de acero crecieron como zarcillos sobre sus senos y sus axilas, sobre el vientre y el pubis, mientras ella se contraía en un espasmo de pánico. Escuchó a Augusto gritando su nombre entre el vocerío, a la vez que sentía unos labios rozarle el oído y susurrar:

—¡No te muevas!

Inmediatamente supo que el emisor de esa voz era el hombre rubio de aspecto felino que la había mirado antes. Sintió su cuerpo desfallecer y rendirse, mientras los brazos de acero la arrastraron hacia las sombras de la pared. Unos labios duros se apretaron contra los suyos y una lengua fría se introdujo en su boca. Su nariz se llenó de un olor a sudor acre intoxicante y excitante a la vez. Nadine se estremeció mientras las manos duras le subían por los muslos y se introducían en su ropa interior buscando su sexo.

De pronto el local se inundó de una luz de neón verdosa estridente, cegándola. Una voz gritó:

—¡Bien, esto se acabó! ¡Nos vamos todos a casa!

La escena se congeló. En ese instante Nadine notó un empujón mientras que su cuerpo se desvinculaba de los brazos de acero. Turbada, miró a su alrededor estirándose la ropa y alisándose el pelo. El hombre rubio se alejaba deprisa hacia la salida sin volver la cabeza. Todo el mundo empezaba a marcharse apresuradamente. La policía entraba ya por la puerta.

Augusto se acercó a Nadine y la tomó del brazo.

—¿Pero dónde estabas? Venga, vámonos inmediatamente de aquí. Esto es el colmo. ¡Lo que nos faltaba!

Salieron al silencio de la calle. Había llovido y sobre la superficie de los adoquines aún brillaban gotas de agua. Nadine, con la respiración todavía entrecortada, seguía a Augusto. Una voz a sus espaldas hizo que se dieran la vuelta:

—Perdonen, pero la señorita Alexandra pide que la esperen en el bar de la esquina. Ese de allí —les indicó el portero del antro con un movimiento de cabeza antes de desaparecer de nuevo dentro del local.

Nadine miró a Augusto:

—Por favor, solo diez minutos. Tengo que verla —imploró.

Augusto inhaló profundamente en silencio y luego dijo:

—Cinco.

El bar era un local estrecho clásico de ese barrio. Una barra larga y mugrienta recorría la pared del fondo forrada de baldosines amarilleados por el tiempo. Un camarero mayor con mandil sucio atendía a tres parroquianos que fumaban y bebían en un extremo del mostrador comentando las jugadas de fútbol que se repetían en la pantalla sobre sus cabezas.

Augusto pidió un café solo y Nadine una coca-cola *light*. Después de remover veinte veces el azúcar dentro el líquido oscuro, Augusto rompió el silencio.

—Tiene que estar metiéndose drogas. No le veo otra explicación.

—No conoces bien a Amadeo.

—Ni Amadeo ni nadie puede obligarte a que te prostituyas sin tu consentimiento.

—Por favor, no te metas con ella.

—No me voy a meter con ella. Pero alguien tiene que llamar las cosas por su nombre.

La puerta se abrió y entró Alexandra. Llevaba sus *jeans* viejos de siempre, la cara lavada y el pelo recogido en una coleta. Parecía una estudiante de bachillerato. Por un momento los dos la miraron con incredulidad intentando asimilarla a la imagen de diosa sexual que había representado hasta hacía unos minutos.

—¡Hola! Yo también me tomo otra coca-cola *light*. ¡Tengo una sed! Después del *happening* en ese antro... —dijo en tono desenfadado y después, mirando a Augusto, añadió—: Siento que os haya tocado una noche de pelea. Normalmente, la cosa discurre sin incidentes. —Nadine y Augusto la observaron en silencio, y Alexandra agregó—: Ya veo que os ha parecido horrible.

—Alexandra, no es eso. Me parece un sitio superpeligroso. Allí puede pasar cualquier cosa —dijo Nadine consciente del tono de falsedad en su voz.

—¡Bah, no es para tanto! La mayoría son hombres aburridos que nunca se han echado un buen polvo. Los pobres se emborrachan y ya ves... —contestó, lanzándole a Augusto una sonrisa socarrona.

Augusto la miró con severidad.

—Simplemente, no me cabe en la cabeza cómo se te puede ocurrir meterte en algo así. Si tienes algún problema, si necesitas dinero, prefiero que acudas a nosotros para que te ayudemos.

—Mi único problema es conseguir diez mil euros en los próximos dos meses. ¿Me estás diciendo que me puedes ayudar? —le respondió ella con tono arrogante.

—Pues, mira, depende de para qué necesites ese dinero. Desde luego, si es para una de tus historietas de teatro, pues francamente no. —Augusto empezaba a tragar saliva entre palabras—. ¡No me puedo imaginar qué tipo de proyecto puede hacer que alguien se someta a tal degradación!

—Claro que no puedes ni imaginártelo, ¿cuándo te has entregado tú a un proyecto con pasión? Fuera de jugar en la bolsa, claro, que, por cierto, también es degradante desde cierto punto de vista.

—Alexandra, parece que no entiendes, simplemente no merece la pena prostituirse por una obra de teatro.

—Primero, yo no me prostituyo. Y segundo, todos nos prostituimos. Tú también le pones el culo a tu jefe. Y bien puesto. Todos lo sabemos —escupió Alexandra, sosteniéndole la mirada con ferocidad.

—¡Ya basta! —intervino Nadine nerviosa—. ¡Esta conversación es ridícula! Será mejor que nos tranquilicemos.

Alexandra se volvió hacia ella y le clavó la mirada.

—Deja de decirme siempre lo que tengo que hacer. Además, tú tampoco eres inocente. Detrás de tu carita de buenecita te prostituyes como todos. Y no solo en la oficina. —Nadine enrojeció, y la sensación de fuego y hielo que le subió desde los pies la dejó sin aliento.

Hubo un momento de silencio mientras Alexandra se apoyaba casualmente en la barra y decía con más calma:

—Comprendo que no os guste lo que hago. Después de todo, no es convencional. Además, para qué nos vamos a engañar, cualquiera de los hombres que van a ese lugar os podría conocer de la oficina o del club. Esta ciudad es un pueblo grande.

Augusto temblaba visiblemente de ira. Volviéndose hacia el camarero dijo:

—Dígame cuánto le debo. —Sacó unas monedas y las tiró sobre la barra mientras atenazaba a Nadine por el brazo y la sacaba hacia la calle.

Antes de que la puerta del bar se cerrara tras ellos, escucharon a Alexandra decir con una risotada:

—Gracias por la coca-cola. Me he dejado todas las propinas en el antro.

Capítulo 6

—Pero, che, vos siempre con el cilicio en la mano, haciéndote responsable de todo el mundo. Ella era totalmente imposible. ¿No lo recordás? Ella me pidió mi vestido de boda para la representación de Ofelia, y me lo devolvió hecho jirones. ¿Crees que ofreció arreglarlo, comprarme otra cosa? Tuvo la jeta de decirme: «Lo siento, Jimena, gajes del oficio». ¡Gajes del oficio! ¡Quién tiene semejante cara dura! Luego se enfadó porque no quise prestarle el frac de Pierre para otra obra. ¡No sé quién se creía que era! ¿Sara Bernhardt? ¿Greta Garbo?

Jimena está muy irritable esta mañana. Su compañero de tango la ha abandonado por una mujer india que ha llegado desde Londres a Buenos Aires para perfeccionar su técnica. Tiene la voz ronca de haber bebido y fumado toda la noche en la milonga.

—Pero bueno, ¿quién le puede echar en cara nada ahora? —añade tras un silencio—. ¿Cuándo vas a verla?

—Mañana mismo.

—¿La vas a llamar primero?

—No, me voy a presentar sin más.

Antes de colgar, Jimena dice:

—¿Sabés cuál es el detalle que más me molestó de toda tu historia? Que esa maricona se haya puesto el nombre de Vanessa. ¿Dónde quedaron todos aquellos nombres lindos tradicionales como Pili, Tere o Mari Sol? ¿Por qué de repente todo el mundo tiene nombres raros y extranjeros? La globalización nos está volviendo idiotas a todos.

*

El autobús deja a Nadine frente a un terreno baldío rodeado de una verja metálica. Detrás se ve a lo lejos un gran edificio de fachada blanca. Nadine bordea el terreno vallado cubierto de cascotes, restos de basura y residuos de materiales de construcción. A su lado pasan camiones cargados de ladrillos, sacos de cemento o vigas de metal, levantando grandes polvaredas mientras se dirigen a grandes estructuras adyacentes en edificación. Esqueletos de futuros bloques de nuevos y lujosos pisos, por los cuales corretean obreros como hormigas industriosas con cascos de colores.

Nunca ha estado en esta parte de la ciudad. Es la nueva periferia invadida por la fiebre inmobiliaria. Los tallos amarillos secos del interior del terreno baldío le recuerdan a aquellos campos lisos y agostados por soles abrasadores que solían rodear las afueras de la ciudad, siempre a merced de la hostilidad de cardos y del canto de cigarras en esta época del año. Ahora solo se oyen las cementeras revolviendo el hormigón.

Al fondo se encuentra el gran hospital, también de nueva construcción. Un edificio gigantesco de forma rectangular cuya fachada reluce con grandes placas de metal brillante intercaladas con listones horizontales de color verde y blanco. En la parte superior un cartel de letras enormes dice: «Hospital Asclepio». Todas las proporciones del edificio y sus aledaños son titánicas. Los seres humanos que merodean a su alrededor parecen insectos diminutos a su lado.

Frente a la puerta de urgencias se extiende una pequeña plaza a modo de isla de cemento, alrededor de la cual transitan vehículos y ambulancias. En medio se alza una escultura de metal blanquecino representando una figura humana abstracta ceñida en la cúspide con una corona de hojas de laurel. Alrededor del báculo que le sirve de apoyo está engarzada una serpiente bicéfala que mira ferozmente al transeúnte. A los majestuosos pies de la estatua está inscrita una placa metálica: «Asclepio, dios griego de la medicina». Y en letras más pequeñas: «El conocimiento médico de Asclepio salvaba tantas vidas que los dioses llegaron a temer por la desaparición de la muerte».

Al pasar por la puerta principal, Nadine se encuentra en una sala blanca enorme cuyos grandes ventanales inundan de luz las monumentales paredes de losas marmóreas. Varias esculturas abstractas de piedra o metales claros adornan la estancia. Detrás de un gran mostrador rojo de forma oval se sientan tres mujeres jóvenes de aspecto similar. Pelo rubio de corte estilizado, caras de facciones chatas y aniñadas, trajes blancos impecables. Deben de ser algún tipo de personal sanitario administrativo, pero parecen azafatas de congresos o recepcionistas de firmas de moda o de belleza. Cuando Nadine se acerca para preguntar por la habitación número 2001, una de ellas le sonríe sin mirarla a los ojos mostrando una hilera impecable de dientes blancos, y le indica hacia el pasillo de la derecha.

El pasillo es extremadamente largo. Al final hay otro ventanal enorme cuya luz la ciega mientras recorre la fila interminable de puertas en busca de la habitación 2001. Sobre las paredes cuelgan cuadros modernos de motivos florales abstractos, o retratos naíf de mujeres y niños corriendo por campos o al lado del mar. La sorprenden el espacio descomunal vacío de personas y el silencio profundo que inunda todo. ¿Es este el nuevo estilo imperante de hospital?

Al pasar junto a los ascensores, se abre una de las puertas y salen dos mujeres vestidas con batas verdes. Caminan juntas en silencio con las manos metidas en los bolsillos. Tendrán unos treinta y pocos años. Son especialmente guapas, con una belleza casi irreal, con tez y peinados perfectos, como modelos de pasarela. Al aproximarse a su lado, Nadine observa que los cartelitos que llevan a la altura del corazón especifican que son la doctora Alicia Millán y la doctora Carmen Rosas. Pasan a su lado en silencio sin dirigirle la mirada.

La habitación número 2001 está al fondo del pasillo, junto al gran ventanal. Al acercarse, Nadine ve una estatua de mármol blanco que parece una Venus de Milo, solo que más estilizada y abstracta. Se trata de una mujer semidesnuda cuya mano derecha está posada sobre la cicatriz de un pecho extirpado. La cara de la estatua apenas tiene facciones, sin embargo las manos son de un realismo brutal.

El silencio del pasillo se rompe cuando Nadine llama a la puerta de la habitación número 2001. Nada. Golpea otra vez con un poco de más energía.

—Sí, pase y espere un momento junto a la puerta —dice una voz.

Entra en una amplia habitación de un blanco cegador. De frente tiene otra gran ventana que la deslumbra. Tarda unos segundos en reajustar la vista hasta poder enfocarla sobre la escena que acontece dentro de la estancia. Una mujer pequeña metida en una cama rodeada de tres enfermeras. Las enfermeras están dobladas sobre ella en medio de una operación que indudablemente requiere mucha concentración. Nadine busca el pelo rojo de su hermana entre el grupo y empieza a pensar que se ha equivocado de habitación. Se prepara para marcharse.

—Perdón, me he equivocado de cuarto.

—¡Nadine! —exclama una voz inconfundible llena de asombro—. ¿Eres tú?

Nadine mira de nuevo y reconoce a su hermana en la pequeña mujer metida en la cama. ¡Qué delgada está! Avanza hacia ella temblando, pero enseguida una de las enfermeras se vuelve y le dice en tono hostil:

—Lo siento, pero tiene que esperar fuera.

—¡Es mi hermana! ¡No la veo desde hace dos años! —exclama Alexandra desde la cama, y luego añade—: Nadine, dame la mano, rápido, mira lo que me hacen, no encuentran la vena, mira mi brazo.

La enfermera se interpone entre ellas.

—Si quiere quedarse en el cuarto, al menos tiene que sentarse en el sillón.

—Pero ¿por qué? ¿Por qué no puede darme la mano para que me duela menos?

Nadine ve ahora el brazo de Alexandra, sobre el que dos de las enfermeras se inclinan pertrechadas de gomas y agujas. Lo tiene lleno de moratones.

—Alexandra, no se comporte como una niña pequeña, ya estamos casi. Por favor, señora, siéntese.

Alexandra lanza un gemido y mira a Nadine suplicante.

—Todos los días ocurre lo mismo. Ya no encuentran venas. Tengo los brazos destrozados.

Nadine contiene el aliento y se sienta despacio en el sillón que le han indicado. Pasan varios minutos mientras las enfermeras cuchichean, y Alexandra gime de vez en cuando. Después recogen agujas, gomas, paños con manchas de sangre, arropan a Alexandra dentro de la cama y se van diciendo:

—Ahora venimos a cambiar el analgésico y el sedante.

Nadine se acerca a la cama y abraza a su hermana. Alexandra está exhausta, la cabeza rendida sobre la almohada. Recorre el rostro de Nadine con ojos inquietos. Luego sonríe.

—¡Qué bien que hayas venido! ¿Te has perdido? Este sitio está en el fin del mundo, ¿verdad?

—¿Por qué no me has llamado?

—No sé, no me regañes. Todo ha pasado tan deprisa.

Nadine mira a su hermana. Todavía tiene los mismos ojos. Unos pozos profundos de verde estriado siempre rápidos a la hora de reflejar emociones. A pesar de la reciente escena con las enfermeras, enseguida recobran su tinte burlón de siempre.

—¿Qué te parece el hospital? Tiene su gracia, ¿no? Parece un museo de arte más que un hospital.

—Sí, es increíble. Pero ¿qué ha pasado? ¿Cómo has llegado hasta aquí?

—Gracias a mi nuevo seguro médico privado. Una de las ventajas de tener un marido como Dios manda.

—¡Te has casado!

—Me he casado. Finalmente. No me iba a morir virgen.

—¡Y no me has avisado!

—Y tú te has divorciado y tampoco me has invitado a la celebración. —Las dos hermanas se miran—. Estamos en paz —dice finalmente Alexandra.

—¿Cuándo te has casado?

—Bah, solo hace tres meses, por lo civil. Cristian insistió tanto... Piensa que todos los trámites de mi enfermedad serán más fáciles —dice, y luego añade—: Qué raros son los hombres, ¿no? Unos dan tanto, y otros tan poco.

—¿Cristian?

—Sí, así se llama mi marido. Viene ahora. Así lo conoces.

—¿Y Amadeo?

—¡Ay, Amadeo! ¡Pero cuánto hace que no te veo! —Alexandra recita en tono teatral—. Amadeo y yo rompimos. Rompí yo; pero, claro, en realidad él me rompió a mí primero. Bah, historias. Ya no me importa nada Amadeo.

Nadine no sale de su desconcierto.

—¿O sea, que ahora eres «señora de Cristian»?

—Venga, no pongas esa cara. ¿No quieres preguntarme por alguno de los demás encantos del sacramento? —pregunta Alexandra, torciendo la cara en una mueca irónica. Nadie conoce ese gesto de su hermana mejor que Nadine. No puede evitar sonreír—. A que quieres saber cómo tira. Pues te voy a decepcionar, porque después de todo lo que me han agujereado en los últimos meses no me quedan fuerzas para pedirle a Cristian que me agujeree como está mandado. Es decir, en este momento nada de triquitriqui.

—Espero que al menos recibieras el primer pinchazo después de la ceremonia.

—Bueno, sí logramos rellenar la primera parte de la cartilla de vacunación del santo matrimonio. Y claro, todas las sesiones previas necesarias para constatar que había voluntad de someterse al bodorrio.

Ahora ríen las dos, y Nadine piensa que es increíble cómo han vuelto a intercambiar rápidamente cotilleos lascivos, una reminiscencia de tiempos antiguos. El sentido de humor de Alexandra siempre está lleno de imágenes obscenas e ingeniosas, desternillantes. Y nadie como Nadine para seguirle el hilo con perspicacia.

—¡Ay, no! ¡No me hagas reír que me hace daño la sonda! —dice Alexandra, agarrándose el vientre con las dos manos.

—¿Sonda? —Nadine se pone seria y mira a Alexandra con ansiedad.

—Sí, sonda. Me tienen entubada hasta el alma. ¿Qué crees, que me estoy divirtiendo en un hotel de lujo?

El tono de Alexandra abandona la jocosidad y se tiñe de una nota agria. Nadine teme que se estropee el momento. Sabe que su hermana es capaz de pasar de la risa a la furia en cuestión de segundos. Dejándose llevar por un impulso, toma la mano de Alexandra. Y la nota fría.

—Siento tanto no haber estado contigo todos estos meses —le dice, mientras siente que un escozor le invade los ojos.

—¿Quién te ha dicho que estaba aquí?

—Jimena.

—¡Jimena! ¿Todavía eres la leal amiga de ese soberano cerebro de mosquito? ¡La agencia de cotilleos más grande de la ciudad!

Bueno, supongo que a los cotillas todavía les queda un nicho de utilidad en la era de la información global. Hasta las viciosas como ella cometen a veces algún acto de compasión. Pero, mira, le pude ocultar la parte del casorio. Eso tiene bastante mérito.

Nadine la mira sonriente.

—¿Cómo estás?

Alexandra hunde la cabeza en la almohada y suspira.

—Ya ves. Calva, agujereada por todas partes, humillada por personal incompetente —dice bostezando, y después añade—: Qué pena que hayas llegado tan tarde. A esta hora siempre estoy agotada. Y Cristian todavía no vendrá hasta las ocho. Para cuando lo haga ya estaré dormida, y cuando duermo, duermo. Me ponen calmantes de elefante.

—No te preocupes, todo va a salir bien.

—En este momento no sé muy bien qué quiere decir eso —murmura Alexandra.

Entra una de las enfermeras y cambia una de las bolsas de goteo.

—Y ahora tengo que cerrar los ojos unos minutos. Pero no te vayas todavía. —Alexandra le aprieta la mano y cierra los ojos. Sin soltarla, Nadine acerca una de las sillas de hospital al lado de la cama. Alexandra ha cerrado los ojos y se ha hundido en un sueño profundo. Poco a poco su mano se va relajando dentro de la de Nadine.

Nadine la mira de cerca. Tiene la cara hinchada, de un color anaranjado, la cabeza protegida por un gorrito fino de algodón blanco. Ha perdido todo el pelo, también las cejas y las pestañas. Bajo la fina sábana se perfilan los contornos afilados de su pequeño cuerpo. Se ha quedado en los huesos. Pero su cara todavía es hermosa, con la nariz pequeña respingona y los labios perfectamente delineados. Ahora, mientras duerme, tiene el ceño ligeramente fruncido, como si buscara la solución a un problema imposible.

«Se ve tan diminuta», piensa Nadine. Demasiado pequeña dentro de esta gran habitación de hospital, con sus paredes de blanco impoluto y sus ventanas descomunales con marcos relucientes de acero. Al levantar los ojos, Nadine la ve reflejada en la oscura pantalla de la enorme televisión de plasma que cuelga de la pared enfrente de la cama y se le encoje el corazón. Piensa: «Alguien tan vivaracho como ella pega tan poco en este lugar. ¡Parece tan chiquita dentro de este contexto! Como si fuera el personaje de una película que se proyecta en otra pantalla de plasma del cuarto de otro paciente más avenido a un lugar como este».

Se sienta en el sofá de cuero verde oliva, y por primera vez identifica el nudo que viene sintiendo en el estómago desde que entró a la habitación. ¿Cómo es posible que el cuadro médico de su hermana haya avanzado tan rápidamente? ¿Cómo se han pasado estos dos años en instantes, como si hubiera estado dormida o anestesiada? Ha vivido dos años inconsciente, y ahora se despierta en medio de esta escena, con un dolor terrible en la boca del esternón, una sensación de vacío con náusea. Y por otro lado, ¿por qué le resulta todo tan familiar?

La puerta se abre despacio y entra la figura silenciosa de un hombre. Va vestido de negro y trae una bolsa en la mano que deposita cuidadosamente sobre la mesa frente a la cama. Luego se vuelve y ve a Nadine. Los dos se miran un momento. El hombre es alto y fuerte; su rostro de tez rojiza, cubierto de una barba de dos días, se ve intensificado por la mirada penetrante de sus ojos negros.

—¿Cristian?

—Ese soy yo.

—Soy Nadine, la hermana de Alexandra. —Nadine se levanta y da un paso hacia él haciendo ademán de saludarlo.

—Ah, la hermana —dice Cristian con una mezcla de ironía y de cansancio—. Por fin llegas. Pensé que ya no vivías en España, que habías salido del planeta Tierra. —Su extraño acento la desconcierta. Cristian no se acerca a ella sino que, con un movimiento suave y ágil, se coloca al lado de la cama de Alexandra, y después de mirarla un momento se pone a examinar la botella del goteo y la vía del brazo.

Nadine vuelve a sentarse en el sofá y lo observa en silencio. Su presencia es muy singular. Con él ha entrado en la habitación una fuerza casi animal, una energía acechante, que le hace sentirse incómoda. Sin saber qué hacer, espera a que él inicie la conversación. Pasan unos minutos. Cristian se acomoda en silencio en el sillón junto a la cama. La puerta se abre y entra una enfermera joven con paso ligero y alegre.

—¿Todo bien? ¿Cómo llevamos el calmante? —Y se dirige a la botella de goteo sobre la cama.

—Todo bien, depende —dice Cristian—, porque mira cómo tiene el brazo. ¿Qué pasa? ¿No tienen enfermeras que sepan encontrar una vena? Mira cómo tiene el brazo, ¡esto es increíble!

—Sí, pobrecita. Es que lleva muchos días con vías y esto suele pasar. No se puede hacer nada. Pero se le va a poner mejor. Ya verá como... —responde la enfermera con voz apagada.

—«No se puede hacer nada» —la imita Cristian con sorna—. Si yo le digo eso a mi jefe cuando hay un problema, me pone en la calle rápido.

La enfermera no le contesta. Con rostro ruborizado y un ligero temblor en los dedos termina de tomar notas en una planilla. Luego, sale de la habitación.

—«No se puede hacer nada» —mascula Cristian tras ella—. Es lo único que llevo escuchando desde que llegamos. ¡No se puede hacer nada!

Una agitación sorda comieza a invadir a Nadine. Es como si por primera vez fuera consciente de la gravedad del estado de su hermana. «No se puede hacer nada». ¿Quiere decir que es el final? ¿Que Alexandra no va a mejorar, que no hay remedio, que no va a vivir? ¡Que no va a vivir!

La mente de Nadine se desprende y empieza a flotar. Ondula sobre la cama blanca donde está metida su hermana, rígida como una muñeca de plástico. Como una muñeca la han desvestido y la han guardado en una camita de juguete, una camita pequeña con manta y sábanas pegadas a la madera con pegamento y con una almohada de cartón blanco. Al final de los párpados cerrados se extiende un cepillito de pestañas brillantes de nailon. Con cuidado se le aprieta una parte de la tripa y salen lágrimas de mentira que resbalan sobre las mejillas.

Está otra vez de repente en la cuarto de jugar de la casa antigua. Alexandra llora. Con tijeras en una mano y un mechón de pelo sintético en la otra, mira desconsolada la muñeca tirada en el suelo con el pelo cortado al ras de la cabeza.

—Nani, no le crece más. Yo pensé que le seguiría creciendo. —Tira las tijeras y, dándole la vuelta al pequeño cuerpo inerte, manipula otra vez el mecanismo de la espalda. Es la muñeca a quien le crece el pelo. Si se acciona la pequeña manivela escondida entre los hombros brotan mechones brillantes de rojo plástico por los agujeritos plantados simétricamente a lo largo de la cabeza.

—¿Por qué le has cortado el pelo? ¿No sabes que se puede meter hacia dentro dándole a la manivela al revés?

—¡No, no lo sé porque tú nunca me cuentas nada! —solloza Alexandra, tirando al suelo la muñeca—. ¡Ahora ya nunca tendrá pelo otra vez!

*

Nadine sale de su ensoñación mientras Cristian se levanta y se desliza hacia la puerta, la abre y sale del cuarto. Nadine lo sigue. En el pasillo camina a su lado y le pregunta:

—¿Tomamos un café?

Cristian le contesta con un gruñido que parece indicar que sí.

Andan por el largo pasillo blanco hacia los ascensores. Dentro del amplio ascensor, Cristian presiona el botón del piso número 10. Sorprendida, Nadine comprueba que el panel tiene hasta diez plantas.

—Qué grande es este hospital, ¿no? No tenía ni idea de que existía.

Cristian emite otro gruñido sin mirarla. Luego dice:

—Sí, así es. Un hospital oncológico más grande que El Corte Inglés. Un gran templo a la enfermedad del siglo XXI. —Es difícil saber si lo dice con sorna o si esta es su manera de hablar.

—¿Todo el hospital está dedicado al cáncer? —pregunta Nadine con incredulidad.

—Pues claro, parece que ahora todo el mundo tiene cáncer —dice Cristian. Sus ojos escrutan la cara de Nadine. Ella contiene el aliento mientras sus oscuras pupilas la sondean. Hay algo inmensamente hostil en él.

«Ahora sé a lo que me recuerda —piensa Nadine—. Me recuerda a un lobo, con esa cara astuta, esos movimientos furtivos».

La puerta del ascensor se abre y entran en un gran espacio regado con mesas y sillas de corte estilizado y moderno. Todo es blanco, como el resto del hospital. A través de la gran cristalera que hace de pared de fondo se abre una vista espectacular de la ciudad de noche. Detrás de una barra blanca en forma ondulada, pululan camareros vestidos de uniforme rojo oscuro ocupados en su tarea de servir. Hay poca gente en la cafetería. O simplemente el espacio es tan grande que parecen pocos, son casi todo camareros, unas motitas color sangre salpicadas aquí y allá sobre el blanco inmenso.

Se sientan en una mesa al lado de la cristalera. El perfil de la ciudad al fondo es una imagen puntillista dibujada con luces que parpadean suavemente sobre el lienzo de la noche. Cristian y Nadine observan el panorama sin hablarse. Un camarero les trae café. Nadine rompe el silencio.

—Cristian, siento mucho no haber estado con ella desde el principio. Y quiero darte las gracias por todo lo que estás haciendo.

—No tienes que darme las gracias por nada. Alexandra es mi mujer, ¿entiendes? —El tono de Cristian es hosco y cortante.

—Sí, lo sé. Solamente quiero decir que ahora estoy aquí y todo lo que yo pueda hacer... —Nadine empieza a comprender que hay que armarse de paciencia con él.

—Hay ya muy poco que hacer. Las cosas están como están.

—Quiero decir hacer turnos, hablar con los médicos, ayudar a tomar decisiones, no sé, ¿no hay otras formas de tratamiento que se puedan intentar...?

—Todo está decidido, todo está hablado. Ya es muy tarde para meterse en todo eso —la corta Cristian. Le habla casi entre dientes. Nadine suspira y no dice nada más—. El cáncer está en todas partes. La quimioterapia ahora solo es paliativa. La única forma de frenar un poco el tumor del cerebro. —Cristian ahora habla despacio, con la mirada sobre la mesa, como midiendo cuidadosamente sus palabras.

Nadine percibe el pozo de emoción contenida tras el pecho de ese hombre, mientras un estremecimiento le eriza la piel de la nuca y del cuero cabelludo. Abre la boca y respira rápidamente varias veces para sobreponerse a la sensación de desmayo que la invade.

—¿Qué puedo hacer yo? ¿Cómo puedo ayudar? —vuelve a preguntar.

Cristian le clava su mirada aguda.

—Por mí, no tendrías ni que estar aquí. No te necesito. Pero supongo que ella sí estará mejor si la acompañas —dice y, sacando unas monedas del bolsillo, las tira sobre la mesa y se levanta.

Nadine busca en su bolso dinero para pagar su parte, pero después ve que el que hay sobre la mesa es suficiente para cubrir los dos cafés. Las puertas del ascensor ya se han cerrado detrás de Cristian. Nadine se queda sentada un rato mirando a través de la cristalera.

Cuando vuelve a la habitación, Alexandra está todavía dormida, y Cristian se ha tumbado en el sofá verde oliva con los ojos cerrados. En la semioscuridad, intentando no hacer ruido, recoge su americana y, acercándose a los pies del sofá, dice en voz baja:

—Mañana estaré aquí por la mañana. —Y sin esperar respuesta sale por la puerta.

*

En el viaje de vuelta, Nadine repasa cada una de las palabras que ha intercambiado con Cristian. Su hostilidad, su tono acusatorio, su desprecio. Nadine lo achaca a la desesperación, a la aflicción por la situación de Alexandra. Y aunque sus comentarios vejatorios han tenido la intención de machacarla, en realidad y aun pareciendo extraño, la han ayudado a sobrellevar el dolor caótico que la ha asediado durante el encuentro con su hermana. Hay una sensación pérfida de consuelo en ser acusada y flagelada por un elemento externo. Es preferible a enfrentarse con el castigo más terrible de todos, el del juez interno.

¿Quién es Cristian? Sentada en el autobús y mirando la ciudad nocturna deslizarse a su lado por la ventanilla, se devana los sesos en busca de algún recuerdo que le dé pistas sobre él. Lo localiza de pronto como un electricista que Amadeo había contratado durante la última producción del teatro Espiral a la que Nadine había acudido.

Era una obra de Alfred Jarry, *Ubú rey*. En ella, Alexandra hacía la parte de Madre Ubú, la grotesca mujer del tirano. Salía al escenario sobre zancos cubiertos por un vestido largo de reina medieval. A la altura del pecho llevaba pegadas unas tetas gigantes de papel maché que simulaban salirse enteramente por el escote. Eran tan grandes que dos escuderos iban delante de ella sujetándolas. Su tocado alto evocaba al de la duquesa fea de *Alicia en el país de las maravillas* y el maquillaje de la cara, el más estrafalario que Nadine le había visto en todas sus actuaciones. Madre Ubú salía al escenario como una mujer gigante esperpéntica que acosaba a su marido, un enano ridículo, instigándolo a gritos a realizar sus sueños de convertirse en tirano. Amadeo interpretaba la parte de Ubú, embutido en ropas enormes rellenas de bolas de papel de periódico que lo hacían parecer gordísimo y muy bajito. La representación había sido un éxito y Amadeo había conseguido bastante atención en círculos mediáticos. En realidad, había sido la obra cumbre del teatro Espiral, el apogeo de todo el trabajo que Amadeo y Alexandra habían hecho durante más de quince años. Y también había sido la última vez que habían colaborado. Amadeo fue contratado como director en un teatro oficial y, aunque juró que era solo algo temporal, abandonó eventualmente su pequeña sala. Y a Alexandra.

La noche del estreno, al visitarla antes de la función en el camerino, Nadine había visto de soslayo a Cristian en el pasillo junto a la caja de plomos, ocupado en arreglar algo. Mientras se ponía coloretes de payaso en las mejillas frente al espejo, Alexandra le había comentado:

—Por fin Amadeo ha decidido contratar a alguien que se ocupe de las luces. Es rumano. Ingeniero químico en su país, pero aquí solo puede trabajar de electricista. Sabe hacer de todo. Es un tipo brillante. Pinta interesante, ¿no? Así, de aspecto potente y buenorro —y añadió—; y lo más gracioso es que es él quien me ha enseñado a caminar sobre los zancos. ¡Cómo nos hemos reído juntos!

Nadine recordaba haber tenido el corazón en vilo mientras Alexandra se bamboleaba sobre los zancos en el escenario. De hecho, en una de las últimas representaciones se cayó y se torció un tobillo. Pero Nadine también recordaba que la iluminación de la obra había sido espectacular. Así que aquella había sido la entrada en escena de Cristian.

Ubú rey había sido el clímax de la carrera teatral de Alexandra. Nunca la había visto Nadine tan radiante, tan feliz. Era la obra para cuya puesta en escena trabajó durante un año entero haciendo todo tipo de cosas, incluyendo bailar desnuda en el bar de gogós. Nadine recuerda los celos que sintió de su hermana aquella noche, cómo había luchado por controlar la fachada de su rostro forzando sonrisas, palabras de admiración y halago, mientras que por dentro le mordía las tripas el monstruo inmisericorde de la envidia. Ahora, volviendo a aquellos momentos, la carcomen la culpa y la vergüenza. Depués de todo, ¿celos de qué? Alexandra siempre la quería involucrar en el teatro, siempre quería colaborar con ella, constantemente le aseguraba que, de las dos, la mejor era ella, Nadine, la más creativa, la más inteligente. Nadine no pensaba lo mismo. La que estaba en posesión del verdadero tesoro era su hermana. Alexandra tenía la pasión, la capacidad de obsesionarse totalmente, de vivir cada minuto para sus creaciones, para subir al escenario y declamar, entrar de lleno en el alma de un personaje. La inundan ahora imágenes de su hermana entre vestuarios y pelucas en aquel camerino diminuto de mala muerte, iluminado por bombillas desnudas, donde siempre hacía frío y olía a humedad. Y Alexandra, totalmente ajena a todo, los ojos teñidos de ese brillo febril con el que salía a actuar, y hablando con esa voz apasionada con la que expresaba a borbotones su papel.

«Qué absurdo que la que vaya a morir sea ella y no yo —piensa Nadine—. Después de todo, es ella la que más ganas tiene de vivir. Ella no tiene miedo. Ama y odia de frente, se reinventa a sí misma una y otra vez. Yo, sin embargo, he vivido enterrada. Me he pinchado anestesia a diario para no enfrentarme al desierto de mis días».

Nadine recuerda las muchas noches que ha dormido al lado de un hombre que ya no la quería, todas las veces que se ha escondido en el váter de la oficina a leer poemas. Aquel sueño recurrente de años en el que apuñalaba a todos aquellos a quienes no se atrevía a desafiar durante el día. Piensa en las veces que ha abierto un bote de píldoras de dormir y ha derramado sus pequeños cuerpos elípticos sobre el cuenco de la mano, contemplando la posibilidad de descansar para siempre. Pero al final, nada. No ha tenido valor ni para vivir ni para morir.

Capítulo 7

—Ay, Dios mío, no lo puedo creer. ¡Qué horror! Pobrecita. Habrá perdido todo el pelo con la quimio. Y en cuanto a ese Cristian, como dicen por allá, de la sartén al cazo. Sale de las garras del bruto de Amadeo y ahora se mete con este otro loco. De todos modos, ¿a qué viene toda esa hostilidad con vos, che? Ignoralo, no le prestés atención. Vos, como la dama que sos, pasás tu tiempo en el hospital con tu hermana y en cuanto él se aparezca, te vas toda digna. ¿Qué se habrá creído el pelotudo?

Al colgar la llamada con Buenos Aires, Nadine piensa que sus conversaciones con Jimena son para ella lo más importante del día. Es cierto que el nivel de Jimena es limitado. Nadine no puede volcar el alma como quisiera sobre el regazo de su amiga. Jimena se desliza por la capa superficial de las cosas. Sus comentarios se limitan a demonizar elementos enemigos e indeseables y a respaldar a sus amigos. Para ella el mundo es blanco y negro. Aunque su discurso aparentemente trivial tiene un efecto extraño de salvación. Como la red de un pescador que, de forma colateral, remolca a la superficie el cuerpo de un ahogado. La conversación de Jimena saca a Nadine de la ciénaga confusa de sus sentimientos y la arrastra hacia la superficie donde está el aire y la profundidad del cielo. Es por ese motivo por el que ansía su discurso. Cada vez que entra en el piso vacío de Jimena siente como una sed. Un anhelo la invade al abrir la gran puerta de la entrada y sentir la madera antigua del parqué crujiendo bajo sus pies, un ansia que se intensifica según palpa las paredes hasta encontrar el viejo interruptor y encender la luz de pasillo. Camina en la penumbra seccionada por las rayas de luz que se filtran a través de las persianas, y extraña a Jimena en cada habitación, en cada partícula de ese extraño sosiego que tienen los espacios cerrados. A veces abre su armario y saca trajes, prendas, cualquier abalorio que le traiga recuerdos vivos de Jimena, que disminuya su añoranza.

*

El abogado de Augusto la ha llamado tres veces a su teléfono móvil, y al final ha dejado un mensaje de voz con tono irritado. Debe telefonearlo lo antes posible. El documento ya está preparado y hay que repasar los datos. Se lo ha mandado por correo electrónico, y es imperativo revisarlo hoy y responder después inmediatamente.

Nadine inspira lenta y profundamente. Le molesta el tono de autoridad, la exigencia de que atienda con urgencia este asunto complicado y estresante. No quiere firmar papeles con Augusto en un momento en el que se siente tan vulnerable. No se fía del abogado, con su traje impecable y su mirada indiferente. La rigidez del labio superior marca claramente el desprecio que siente hacia sus clientes. Sabe que tiene que hacerse representar por su propio letrado si quiere salir bien parada de este proceso. Pero ¿de dónde sacar las fuerzas para concentrarse en algo tan mundano con su estado actual de dispersión mental?

Tumbada boca abajo sobre la cama deshecha, palpa a su alrededor hasta que encuentra la almohada y se la coloca sobre la cabeza. Está cansada y tiene jaqueca. El teléfono móvil suena otra vez, y sin siquiera extender la mano para verlo, sabe que ahora es Augusto, que la llama para lo mismo y que la perseguirá todo el día hasta conseguir que abra su correo electrónico, revise el documento, conteste al abogado y todo lo demás. Es necesario ocuparse de inmediato de todo este asunto para no caer en las redes del acoso.

Su ordenador portátil ha muerto hace varias semanas, con lo cual no cabe hacer todo esto en casa. Hay que bajar al locutorio de la esquina. Con un esfuerzo, se levanta de la cama y camina hasta el espejo, frente al cual estudia su pijama. La idea es ponerse una prenda encima o cualquier cosa que la cubra suficientemente y bajar tal cual a la calle. Abre el armario, descuelga un sobretodo azul largo y se lo pone por encima. Después se alisa el pelo, pero enseguida se da cuenta de que los dedos no van a poder sustituir al peine. En el baño se salpica la cara con agua y se pasa un cepillo por los cabellos cortos. El espejo le devuelve la imagen de una vagabunda recién levantada del suelo de un portal. Suspirando, se pinta la boca con barra de labios.

—Un poco mejor —dice en voz alta, aunque en realidad piensa que su aspecto no ha mejorado en absoluto. Pero su capacidad de embellecerse se ha agotado, y decide bajar así de todas formas.

Armada de gafas de sol, se enfrenta a la luminosidad intensa de la mañana, mientras los oídos se le inundan del ruido del tráfico y del trasiego urbano. Acelera el paso hacia la esquina, y cuando entra en el locutorio y pasa junto al mostrador, una voz dulce y sedosa hace que afloje el paso.

—Buenos días, señorita Nadine, qué bien se ve usted esta mañana.

Gira lentamente y queda cara a cara con una sonrisa amplia de labios anchos surcados por un bigote finito. Sobre ellos, unos ojos burlones, oscuros pero vivarachos como si revolotearan con chispas desde el fondo de los iris, la miran con cierta bondad guasona.

—Me gusta mucho su traje. Usted siempre va tan elegante.

Nadine se quita lentamente las gafas y escudriña la superficie morena del rostro indígena.

—Siento decirle que voy todavía en pijama.

—¿En pijama? Señorita Nadine, ese pijama sería un traje de noche para ir al baile en mi pueblo.

Nadine baja los ojos y estudia confusamente el pantalón del pijama: imitación de raso ahora color grisáceo y con bolitas minúsculas sobre la superficie. Vuelve a encontrarse con los ojos oscuros y ríe.

—Qué sentido del humor tiene usted...

Nadine lo mira sonriendo. Este hombre viejo, cojo, de tez oscura, que trabaja dieciocho horas al día en el locutorio, siempre tiene un comentario gracioso que la saca de su oscuridad y la pone de buen humor. ¿Y cómo había dicho que se llamaba? ¿Proceso? Qué nombre tan extraño. ¿Y de dónde era?, ¿de Ecuador, de Bolivia? Nadine nunca se acordaba. Pero él siempre le habla con mucha familiaridad, como si la conociera desde hace mucho tiempo. Y realmente se ha creado una extraña complicidad entre ellos. Claro que, aunque solo lleva unas semanas quedándose en la casa de Jimena, Nadine viene al menos una vez al día al locutorio a mirar su correo electrónico o a comprar tarjetas para llamar de forma barata a Jimena. El locutorio se ha convertido para ella en un lugar de distracción primordial. Cada vez que entra, olvida todo lo que la acecha en su vida actual. Entrar al locutorio es entrar en otro planeta. Además, es curioso ver el contraste de la ciudad vacía en agosto con este pequeño espacio rebosante de un muestrario de personajes realmente internacional. Es también curioso comprobar qué rápido se conocen los usuarios entre sí y qué rápido se forman relaciones de confianza.

—Ande, vaya al ordenador número 3. El que está al fondo. Así nadie la molestará —añade Proceso en voz baja acercándose a ella por encima del mostrador—. Y así tampoco la verá nadie vestida de fiesta.

—Gracias.

—Eso es, y de paso, que Dios me bendiga.

Nadine se siente aliviada al poder dejar el mostrador y caminar hacia el ordenador por el pasillo estrecho del locutorio. Aunque el hombre le hace gracia, hay también algo inquietante en la manera en que este Proceso le sostiene la mirada. Y siempre detrás de su tono amable y sus comentarios jocosos hay ideas perturbadoras que la llevan con la imaginación hacia otra parte. ¿Un pijama viejo, ropa de baile en un pueblo chiquito perdido por alguna selva o una montaña remota? Era una imagen escabrosa. Se imagina en su presente atuendo rodeada de mujeres indígenas jóvenes con bonitos vestidos de fiesta de colores vivos, de encajes perfectamente blancos y planchados, y ella en medio, como un espantapájaros, con la piel todavía oliendo a sueño, el pelo arremolinado y el rojo de labios esperpéntico sobre la cara apenas lavada. Nadine se sacude el pensamiento y, sentándose frente al ordenador, se concentra en abrir su correo electrónico y afrontar la repartición de las ruinas de su matrimonio.

El locutorio es un local estrecho. A la entrada hay un mostrador seguido de dos filas de pequeñas cabinas de teléfono pegadas a la pared. Después, una serie de ordenadores sobre mesas angostas encaradas por sillas de asiento raído. Un aparato viejo de aire acondicionado muy ruidoso sopla un chorro de aire frío que apenas llega al fondo del local. El espacio para pasar entre los ordenadores de un lado y otro del pasillo es bastante apretado. De modo que muchas veces hay que pedir paso a los absortos usuarios de Internet, quienes se molestan por cualquier distracción y apenas mueven unos milímetros las sillas, o protestan groseramente con chasquidos de la lengua. El locutorio está en un estado semirruinoso, las paredes pintadas de verde están rajadas y desconchadas, el suelo es de una cerámica de pésima calidad y está desnivelado, posiblemente por el constante estado de humedad. Sin embargo, es uno de los lugares más frecuentados de la calle. Está lleno de gente la mayor parte del día. De las cabinas telefónicas salen torrentes de voces en todo tipo de idiomas y acentos, relatando versiones variadas de tragedias y épicas de emigración. Frente a los ordenadores siempre hay una diversidad interesante de usuarios, desde adolescentes con peinados de crestas creando páginas de Tuenti o Facebook, hasta amas de casa buscando mercancía en Ikea o algún gran supermercado, pasando por algún oscuro personaje masculino mirando pornografía. Es totalmente imposible mantener la privacidad en este lugar. La estrechez del espacio y la cercanía de pantallas y sillas hace que todas las búsquedas individuales de los internautas se aglomeren formando una especie de sopa multicolor de imágenes y sonidos que casi podría considerarse un corte transversal de la actual cultura colectiva, globalizada, universal. Después de todo, estamos en el verano del año 2006, y hace más de una década que la ciudad de Madrid se viene nutriendo de oleadas de emigrantes provenientes de Europa, del norte de África y del centro y sur del continente americano, y estas nuevas multitudes van cambiando de poquito a poquito, día a día, sus costumbres contumaces, su apariencia hasta ahora mayoritariamente homogénea.

Sin embargo, el locutorio tiene un matiz predominantemente latinoamericano. No solo por la presencia del personaje de Proceso, director y cobrador del pequeño negocio, sino también porque detrás del mostrador hay una especie de pequeña tienda de productos sudamericanos variopintos sobre unas cuantas baldas colgadas de la pared. Apilados los unos sobre los otros hay bolsas de maíz azul, de mazamorra, de quinoa, bombillas de mate, manojos de hierbas extrañas que, aunque atrapadas en plástico, todavía emiten olores medicinales exóticos que invaden persistentemente el espacio y llevan la imaginación a lugares remotos de altas montañas o bosquecillos densos de donde posiblemente provengan. Cómo un negocio de este corte ha logrado encontrar un nicho en el elegante y muy pijo barrio madrileño de Salamanca es todo un misterio.

Nadine se sienta frente al ordenador número 3. A su lado, en el ordenador número 2 se encuentran dos chicas jóvenes. Una tiene la cara muy bonita con facciones pequeñas y delicadas, y unos ojos negros suaves y huidizos. Su pelo lacio de color azabache le cae hasta la cintura. La otra, gordita y con gafas, parece la más adulta. Las dos visten *jeans* apretados con camisetas de colores chillones que contrastan con sus pieles morenas. Sentadas muy juntas, miran atentamente el ordenador que tienen delante, donde una ventana de Youtube muestra escenas de la Vía Láctea y explosiones de soles y de estrellas intergalácticas. Una voz masculina enérgica con acento recita una profecía catastrófica: «El escenario pudiera ser cualquier gran ciudad de Estados Unidos, China o Europa. La fecha muy próxima, cualquier día entre mayo y septiembre de 2020. El cielo, de repente, se enciende con un gran manto de luces brillantes que oscila como si fuera la aurora boreal. Las bombillas empiezan a parpadear, y después de brillar por un instante con una intensidad inusitada, se apagan para siempre. En menos de un minuto y medio, toda la ciudad, todo el país, todo el continente está completamente a oscuras y sin energía eléctrica».

Nadine ha abierto los archivos que le ha mandado el abogado, pero le está costando leer el contenido del primero sobre capitulaciones. No puede evitar prestar atención a las palabras alarmistas que emite el ordenador de al lado, además de los suspiros y exclamaciones de las dos chicas. Se vuelve hacia ellas y les dice:

—Por favor, ¿no pueden bajar el volumen? Es que no me puedo concentrar en lo mío.

Las dos chicas la miran con ojos asustados. La más joven sostiene la mano de la otra. La de gafas dice:

—Ay, sí, perdón. Ahora mismo lo bajo. —Y se pone a tocar nerviosamente múltiples botones del teclado. Evidentemente se equivoca y el volumen se dispara. Ahora la voz inunda todo el locutorio: «¿El causante del desastre? Una única y gran tormenta espacial, generada a más de ciento cincuenta millones de kilómetros de distancia, en la superficie del sol».

Todas las caras del locutorio se vuelven hacia ellas. La chica, cada vez más nerviosa, sigue subiendo el volumen sin querer: «... Enormes chorros de plasma capaces de freír en segundos toda nuestra red eléctrica con consecuencias realmente catastróficas».

Voces múltiples empiezan a protestar desde todos los rincones del locutorio. Proceso sale de detrás del mostrador y, arrastrando la pierna de la cual cojea, se dirige al ordenador fuera de control. A su paso va diciendo:

—¿Qué pasa? No es para ponerse así. ¿Es que todavía no han escuchado la profecía maya del 2020? Pues vayan enterándose de lo se nos viene encima.

Tarda unos segundos en llegar, pero mientras tanto, todo el locutorio empieza a estar hipnotizado por la información que aporta la voz implacable: «Lo primero que escasearía sería el agua potable. Sin electricidad, sería imposible bombearla desde pantanos y depósitos. También dejaría de haber transporte eléctrico lo cual estrangularía vías de suministro de alimentos y mercancías a las grandes ciudades».

Proceso tarda un rato en hacerse con el problema, mientras se pone de rodillas trabajosamente para desconectar el cable de los altavoces, cuyo volumen está atascado. Las chicas, de pie junto a él, se miran de vez en cuando alarmadas. La más joven está a punto de llorar.

«Los grandes hospitales, con sus generadores, podrían seguir dando servicio cerca de setenta y dos horas. Después de eso, adiós a la medicina moderna».

El volumen de la voz finalmente se reduce a un susurro. Pero entre la audiencia ahora hay protestas.

—¡Venga, Proceso, ahora que nos empiezan a dar los detalles!

—Sí, suba el volumen otra vez.

Proceso, con gesto fatigado por haber tenido que doblar la pierna, se vuelve y los contempla enojado.

—Pero ¿qué patrañas quieren escuchar? Si quieren profecías vayan a buscarlas ustedes mismos. Eso sí, con sus auriculares bien apretaditos en las orejitas. Esto es un locutorio, no un cine al aire libre. —Y volviéndose a las chicas, añade—: Ustedes, señoritas, páguenme y váyanse a tomar un café.

Con un gesto rápido apaga el ordenador número 2 y camina de nuevo al mostrador con las dos chicas siguiéndolo de mala gana.

Nadine trata de volver a sus documentos, pero se ha distraído y ya no puede entender ni una palabra del contrato de capitulaciones. Decide imprimirlos y llevárselos a casa. Cuando llega al mostrador, Proceso ya ha recuperado su humor habitual.

Mientras los folios salen de la impresora, Nadine le pregunta de repente:

—Oiga, Proceso, ¿usted no conocerá a un tal Túpac Merino?

—¿Y por qué iba yo a conocer a ese señor?

—No sé, porque creo que también es boliviano.

—¿Y usted de qué lo conoce?

—Me leyó una vez la fortuna.

—Señorita Nadine, ¿usted sabe cuántos Túpac hay en Bolivia? Yo mismo provengo del mismísimo Túpac Katari. ¿Qué?, ¿me va a decir que no sabe quién es Túpac Katari? Un héroe que luchó contra los abusos de los españoles. Por supuesto lo prendieron, lo mataron y lo despedazaron, pero escuche esto. Lo mejor es que a su mujer, la comandante Bartolina Sisa, que si cabe, era todavía más revolucionaria que él, no solo la mataron sino que antes la torturaron, la violaron y tambien la desmembraron. Y clavaron su cabeza en un palo en medio de la plaza Murillo. Tenía solo veinte años. ¿Qué le parece? ¿Y me dice que no sabe nada? ¿Que ni siquiera ha oído el nombre? ¿Qué me dice de otros Túpac? ¿Túpac Amaru? ¿Supongo que tampoco sabrá nada del movimiento de los Túpac Amaru? Señorita Nadine, ¿qué estudian ustedes aquí en la escuela?

Proceso ha perdido su tono amable habitual y habla con una hostilidad creciente que desconcierta a Nadine. Desde el fondo de los ojos la mira como un espejo oscuro, insondable. Un espejo salpicado con sangre ennegrecida por la atrocidad de un dolor y de un odio de milenios. Nadine se contrae y traga saliva.

Momentaneamente, Proceso vuelve a su tono burlón habitual.

—Bueno, no se preocupe. Todas estas cosas se olvidan convenientemente. Así las podemos volver a repetir al poco tiempo. Me debe cuatro euros cincuenta.

Nadine paga, toma sus fotocopias y sale a la calle.

Capítulo 8

La mañana que Augusto se marchó, Nadine se había despertado tarde, y su primera impresión había sido de extrañeza por la sensación de quietud a su alrededor. Sin abrir los ojos sabía que eran más de las nueve, por la cantidad de luz que se filtraba a través de sus párpados. A esa hora, Augusto ya estaba levantado habitualmente, se había duchado y había entrado varias veces en el cuarto, canturreando, haciendo ruido, abriendo y cerrando las puertas de los armarios en busca de su ropa de tenis. Los sábados siempre tenía partido con alguien de la oficina a las once en punto de la mañana, y antes de marcharse dejaba siempre un reguero de toallas y ropa tiradas por todo el dormitorio, aparte de algún estropicio en la cocina tras tomarse el desayuno a toda prisa. Pero hoy, y estaba segura de que era sábado y que la hora solar pasaba de las nueve y media de la mañana, todo estaba tranquilo y en silencio. También, sin abrir los ojos, sabía que Augusto estaba todavía en la cama a su lado, aunque su cuerpo no tocaba al suyo y tampoco se movía. Asimismo sabía que estaba despierto. Sintió una angustia abstracta, y pensó que llevaba un tiempo despertándose con esa sensación. Abrió los ojos. Augusto yacía a su lado en la cama con las manos cruzadas bajo la cabeza y con la mirada fija en la pared de enfrente. Estaba inmóvil como una estatua. Nadine levantó un poco la cabeza.

—¿Te pasa algo? ¿Estás bien? —Augusto no contestó. Pasó un momento—. ¿Augusto?

De repente Augusto saltó hacia los pies de la cama arrastrando consigo las sábanas y las mantas, se abalanzó hacia el armario, abrió la parte de arriba y tiró de una maleta que se tambaleó y cayó al suelo con estrépito. Empezó a sacar desordenadamente ropa y zapatos de los cajones y a meterlos dentro de la maleta.

—¿No tienes partido esta mañana?

—No, hoy no tengo partido.

Nadine se había incorporado en la cama y lo miraba sorprendida. Conforme iban pasando los segundos, avanzaba sobre ella un oscuro presentimiento que solo le permitía observar la frenética escena en silencio.

—Entonces...

—Me voy el fin de semana.

—¿Pero el congreso no era la próxima semana?

Augusto marchó hacia el cuarto de baño y se oyeron ruidos mientras parecía reunir bruscamente sus artículos de aseo personal. Una botella cayó y se rompió, y los trozos de cristal rodaron por el suelo mientras se escuchaba cómo se derramaba una masa líquida.

—¡Mierda de frascos! —masculló Augusto.

Durante unos segundos se oyó agua saliendo del grifo, y Nadine adivinó que se había cortado con uno de los cristales. Pero fue incapaz de moverse. Se sentía paralizada, atornillada a la cama. Solo podía dirigir los ojos de un lado a otro de la habitación. De repente, su mirada cayó sobre el espejo de la puerta del armario que, abierta en ese ángulo, reflejaba su imagen. Nadine vio la línea de sus brazos delgados, el algodón blanco del camisón cayéndole sobre los senos, la melena corta negra rodeándole los ojos grises cansados. Augusto volvió a entrar en el cuarto. Tenía uno de los dedos de la mano derecha enrollado en papel higiénico. Sin mirarla, se sentó en la cama y se vistió rápidamente. Pantalones caquis, polo azul marino, mocasines marrones. Lo clásico.

—No estoy bien, Nadine. Necesito estar solo un tiempo.

—Pero ¿desde cuándo...?

—No sé desde cuándo. Pero no puedo más. Necesito espacio.

Después se levantó, cerró la maleta, la tomó con la mano y sin decir nada salió por la puerta de la habitación.

Nadine permaneció un momento quieta escuchando sus pisadas alejarse, el sonido metálico de su rebuscar en la bandejita de llaves de la entrada. Luego oyó la puerta principal abrirse. En ese momento, un resorte saltó dentro de su pecho. Se levantó con un respingo y corrió por el pasillo hasta la puerta. Augusto ya llamaba el ascensor. Ella lo miró desde el marco de la puerta, muda, con los pies descalzos helados sobre el parqué.

—¿Adónde vas a ir?

—Todavía no lo sé. Te llamaré más tarde. —Se volvió y la miró por primera vez a los ojos. En ese momento el ascensor llegó. Augusto abrió la puerta y repitió—: Te llamaré más tarde.

Nadine no dijo palabra, pero en su mirada ya se asomaba el fantasma de la imploración, y sintió que los ojos se le llenaban de agua. Augusto metía la maleta dentro del ascensor con torpeza y resoplaba exagerando la dificultad de la situación. Cuando estuvo todo dentro, se paró un momento y lanzó un suspiro largo.

Luego volvió la cabeza de nuevo hacia ella y dijo con sequedad, sin mirarla a los ojos:

—Lo siento, Nadine. Esta situación me ahoga. —Y se metió en el ascensor.

Nadine tragó saliva. Despacio, cerró la puerta tras de sí y caminó por el pasillo de regreso al dormitorio. Ahora sí estaba el espacio regado de ropa y objetos que Augusto había movido o tirado por ahí en su búsqueda de lo que iba a llevar en la maleta. Pero, lejos de parecerse al desorden que dejaba habitualmente los sábados antes de su partido de tenis, este era un perfecto cuadro de desolación, parecido al que deja el camión de la basura sobre la calzada cuando el cubo que ha cargado está demasiado lleno y suelta un reguero tras de sí. En el cuarto de baño los cristales rotos se hallaban todavía esparcidos por el suelo, y olía intensamente a Chanel N.º 5. Sobre el lavabo había un rastro de gotas de sangre y un rollo de papel de váter mojado. Augusto se había olvidado la pasta de dientes.

Oyó las puertas de un automóvil abrirse y cerrarse, y algunas voces. Se acercó a la ventana y, apartando el visillo, miró hacia la calle. Augusto cerraba el maletero de un vehículo rojo y se metía por la puerta del asiento al lado del conductor. Era el de Maribel.

*

Cuando vuelve del locutorio a casa de Jimena ve que Augusto le ha escrito un mensaje de texto: «¿Has recibido ya los documentos? Estoy quedándome en casa de mamá. Llámame. Tenemos que hablar».

La primera reacción es enfurecerse. Augusto ya no llama por teléfono casi nunca. Solo manda mensajes cortos de texto. Siempre es ella quien tiene que telefonearlo.

Se quita el sobretodo y los zapatos y se vuelve a meter en la cama. Se hunde en la almohada y se estira la sábana por encima de la cabeza. Rodeada por la luz difusa blanquecina que se forma bajo la tela blanca, Nadine piensa en lo extraño que es el temer hablar por teléfono con alguien con quien ha compartido diecisiete años de su vida.

Todavía echa de menos la presencia del cuerpo de Augusto tumbado a su lado de noche. A pesar de que dormía en tal silencio que a veces parecía no estar allí. A pesar de que hacía años que no la abrazaba en la cama, y que muchas noches la despertaba solamente para decirle: «Nadine, para ya de roncar».

A pesar de todo, lo echa de menos. Quizá se trataba simplemente de la costumbre o del apego a la inversión que había hecho en la relación con él todos estos años. Augusto había sido el centro de su vida. Ella había ido dejando todo lo que a él no le gustaba o le parecía inquietante. Había hecho un esfuerzo por acoplarse totalmente a su mundo. Pero ahora ve el desacierto de esta estrategia. De todos modos, Augusto nunca la había querido como ella necesitaba que la quisieran. Augusto nunca la había apreciado por sí misma, sino que había pasado años diseñándola a su medida. Cómo vestir, en qué trabajar, cómo comportarse con amigos, cómo pensar. Y Nadine se había dejado hacer. Al principio, halagada de que alguien tuviera tanto interés en moldearla. Después, dejándose llevar, esperando que sobreviniera en algún momento un capítulo de plenitud para los dos. Pero nunca ocurrió. Cuando ella finalmente se plegó a todos los deseos de Augusto, él todavía consideró que no era un producto perfecto y que nunca lo sería porque no tenía suficiente madera para ello. Nadine vivió desde entonces sometida a este juicio.

—Ya sé que no me vas a hablar más, pero te lo voy a decir de todos modos —le había dicho una tarde Alexandra, mientras se pintaba las uñas de los pies de color verde fosforescente sobre el borde de la bañera—. Augusto no te quiere. No te ha querido nunca. Y tú te estás convirtiendo en un momia a su lado.

—Y, sin embargo, Amadeo sí te quiere a ti —Nadine le dijo, esforzándose en controlar la furia que le subía por la garganta. Pero Alexandra no se inmutaba, y con suma concentración seguía bordeando con el pincel la minúscula uña del dedo pequeño del pie.

—Sé que Amadeo te parece un sinvergüenza y un estrafalario. Pero lo que Amadeo y yo compartimos es mucho más profundo que lo que tú tienes con Augusto. Nosotros amamos el teatro. Es nuestra pasión, es lo que nos une. Luchamos por mantener a flote un proyecto artístico, y eso es muy importante para mí. Y a ti, qué te une con Augusto, ¿la oficina?, ¿este piso?

—¿Por qué siempre juzgas a los demás como si tu vida fuese superior? —La irritación ya había hecho que Nadine emborronara el esmalte en su uña.

Alexandra suspiró y volvió los ojos a su tarea, pero después de un rato dijo:

—Dime solo una cosa, ¿por qué has dejado de escribir?

—Dime otra cosa, ¿a ti que te importa? —Nadine ya estaba llegando al límite de lo que le iba a permitir a su hermana ese día. Era hora de recoger los bártulos de la manicura e irse por un rato a otra habitación, a la cocina por ejemplo, donde podía poner a hervir agua y hacer un té.

Pero la pregunta todavía años más tarde le sigue dando vueltas en la cabeza. ¿Por qué ha dejado de escribir? ¿Por qué? Y recuerda el día que Augusto se presentó con una caja alargada envuelta en papel rojo veneciano con un lazo verde. Y su sorpresa al desenvolver el papel, abrir la caja y encontrarse con una pluma Montblanc, preciosa, gigante, con su estrella blanca de puntas redondas radiantes.

—Para que escribas muchas poesías —le había dicho Augusto tomándole las manos sonriente. Eran las primeras semanas de su noviazgo.

Nadine recuerda como bajó los ojos y volvió a mirar la pluma que tenía en las manos, la reina de las plumas, la más gorda y la más cara de todas las plumas Montblanc; negra, reluciente, espectacular. Y también recuerda que en ese momento le entraron unas ganas terribles de llorar. De hecho se le saltaron las lágrimas mientras Augusto decía:

—Bueno, mi amor, no es para que te emociones tanto. Es solo un regalo. —Y la apretaba entre sus brazos riendo como si se tratara de una chiquillada adorable por su parte.

Pero Nadine sabía muy bien por qué lloraba. Lloraba porque esa pluma tan bonita y tan costosa era en realidad un pequeño sarcófago donde sus poesías, sus escritos y hasta su diario se enterrarían y quizá no saldrían nunca más. Ya sabía que esa pluma distinguida desterraría toda la colección de lápices baratos y bolígrafos Bic que habían sido sus más íntimos cómplices en el acto de unir palabras bellas sobre el papel. Y, ciertamente, desde ese momento escribió cada vez menos hasta que poco a poco lo dejó del todo. Al principio lo achacó a que empezó a trabajar en la empresa publicitaria a tiempo completo, a que su relación con Augusto se intensificó y dejó la buhardilla para irse a vivir con él. Pero, en retrospectiva, el proceso se inició sin lugar a dudas con el regalo de la pluma. Ese regalo fue una de las primeras maniobras con las cuales Augusto comenzó a urdir su red de influjo sobre ella. Y con el tiempo, ella llegó a conocer a fondo cuán poderosa podía ser la influencia de su marido. Poderosa y de estrategias extrañas, de efectos inexplicablemente paralizantes. Poco a poco Augusto la había ido encerrado en objetos bellos, en joyas exquisitas, en botellas de perfume francés, en bolsos de marca. Y ahora que se había ido, lo había hecho sin liberarla de todas estas pequeñas cárceles que todavía la mantenían presa y alienada de sí misma.

*

«Llámame tú. No tengo saldo», teclea Nadine rápidamente debajo de las sábanas. En unos segundos suena el teléfono.

—Nadine, ¿has podido imprimir los documentos? Tengo además otros papeles del abogado para darte.

—Ya.

—Y dice mamá que por qué no vienes a merendar, es su cumpleaños. Así te doy todos los papeles de una vez.

—¿A merendar a casa de tu madre?

—¿Por qué no? Después de todo, ella te tiene mucho afecto.

—¿Seguro?

—Venga, te esperamos esta tarde a las seis.

Clic.

¿Qué ponerse para ir a casa de María Teresa? Más bien, ¿qué ponerse para aparentar que, aunque un cisma monstruoso y permanente se había abierto entre Augusto y ella, todo seguía en realidad igual? Todo seguía igual de planchado, todos los colores se combinaban a la perfección, los zapatos y el bolso eran todavía totalmente compatibles, el maquillaje impecablemente extendido sobre la piel, el pelo perfectamente cortado y en su sitio. Es decir, que la sangre no había llegado al río, o mejor, que no había ningún tipo de sangre, al menos mala sangre.

El armario tampoco parece estar a la altura de las circunstancias. Las pocas cosas que se ha traído a casa de Jimena en dos maletas se muestran ahora como una colección desaguisada de elementos dispares difíciles de combinar y casi todos bastante necesitados del tinte o de la plancha o incluso de una buena lavada a mano. ¿Qué ha sido de aquella colección divina de ropa y accesorios que tenía hace solo un año? Increíble lo rápido que se degradan los repertorios de símbolos externos en el momento en que no reciben el cien por cien de atención. Después de todo, estas prendas y objetos de embellecimiento son una extensión de nuestra voluntad de seducir al mundo externo, y pueden llegar a formar parte de nuestra estructura de supervivencia. Son símbolos de poder, elementos de navegación casi imprescindibles en algunos círculos sociales o en algunos puestos de trabajo. Es impensable sobrevivir a ciertas situaciones sin un bolso de Louis Vuitton, un cinturón de Gucci, un pañuelo de Hermès. Por añadidura, es imprescindible mantenerlos constantemente, cepillarlos, bruñirlos, tenerlos siempre a punto. Pero ahora Nadine ha perdido a su guía en este territorio, a su Virgilio. Ahora que Augusto no está aquí para proponer o corregir, todos esos objetos, vestidos, trajes, zapatos, y sus posibles combinaciones correctas, han perdido sentido. Todo se ha convertido en un arte olvidado. Augusto había sido el mago del armario y ahora, sin él, el conjunto de prendas y accesorios simbólicos son un montón de trapos viejos propios de una tienda desordenada de segunda mano.

Por un momento, Nadine echa mano del teléfono con la intención de llamar a Jimena y pedirle consejo. Pero enseguida se apodera de ella un gesto determinante de sobriedad. No es posible seguir dependiendo de los demás para asuntos básicos. Jimena pasará horas al teléfono intentando convercerla de que no vaya, de que es un error meterse en la boca del lobo de la familia política. Y ella sabe que tiene razón, que es arriesgado. Pero debe hacerlo. Tiene que enfrentarse a su propia desnudez, a la pobreza y la ineptitud que ha subyacido estos años detrás de todos los momentos de carnaval. Es muy simple, Nadine no sabe qué ponerse, es incapaz de seleccionar un atuendo que pudiera satisfacer la aprobación de María Teresa. Para empezar, no daba ni tiempo para hacerse una manicura de emergencia. Nadine irá malvestida a la casa de la madre de Augusto y aguantará con estoicismo las consecuencias.

*

La casa de María Teresa se encuentra en uno de esos barrios ajardinados de chalés a las afueras de la ciudad, a los cuales es prácticamente imposible llegar en transporte público. Es siempre imprescindible ir en automóvil propio o en taxi, y por ello Nadine sabe que le será difícil salir una vez que esté allí. Tendrá que depender de que alguien con vehículo decida marcharse al mismo tiempo, porque el acto de llamar a un taxi está considerado como un insulto a la hospitalidad de la casa.

—¡Un taxi! ¡Ay, no, por Dios! ¿Cómo te vas tan pronto? Quédate un rato más y te lleva fulanito o zutanita. —Sin transporte propio, uno está en una isla sin puentes ni barcos para volver a tierra firme.

Todas estas cosas le pasan a Nadine por la mente mientras el taxi se desliza por calles rodeadas de grandes árboles y regueros de flores bordeando vallas de piedra detrás de las cuales se esconden mansiones de lujo. Viñetas rápidas como *flashes* saltan a su recuerdo sobre esas casas llenas de muebles relucientes, con retratos de gente sonriente dentro de marcos de plata, y sirvientas de pequeños cuerpos oscuros vestidos de uniformes rosas con cofias blancas. Escenas de mesas largas repletas de platos exquisitos, botellas de vino de reserva, vajillas inglesas, vasos de Murano. Imágenes de servilletas de hilo blanco perfectamente planchadas apretándose sobre labios voraces, sobre corazones mudos llenos de secretos, mientras por la mesa corretean conversaciones ociosas, chistes anacrónicos, anécdotas maliciosas.

Una vez despedido el taxi, Nadine avanza sobre el camino de pizarra que atraviesa el jardín. Frente a ella, la casa de María Teresa se presenta ahora como una suerte de refugio, una sala de apelación donde volver a presentar su caso con Augusto, una última oportunidad de frenar el desgarro que la separa cada día más del mundo que ha compartido con él todos estos años. Tal vez esta mansión de piedra jaspeada y sólida, con sus tejados de tejas árabes y sus techos de madera bruñida, le ofrezca alguna esperanza de reconciliación. Le ofrezca alguna posibilidad de una vuelta a esas tardes del pasado, tardes de visitas otoñales, cuando reunidos junto al fuego de la chimenea tomando el té con María Teresa, toleraban el frío que asediaba detrás de los vidrios de las ventanas.

De pie frente a la puerta blindada, con un ramo de lirios en la mano, Nadine hace un esfuerzo enorme por concentrarse en el encuentro que la espera dentro de la casa. Deisi, la criada ecuatoriana de María Teresa, le abre la puerta.

—Señorita Nadine, cuánto tiempo sin verla por aquí.

Los ojos indios impenetrables de la muchacha le producen un cosquilleo insoportable en el abdomen. Atraviesa el umbral y camina detrás de Deisi, a la vez que comprueba que la decoración de la sala de entrada no ha variado en absoluto, ni siquiera el gran centro de flores sobre la mesa redonda, los mismos colores, las mismas formas, el mismo volumen de la vez anterior. Todo está en su sitio como siempre, todo pulido, la madera del suelo, los marcos dorados de los grandes espejos. No, todo no. La foto de ella y Augusto saliendo de la iglesia el día de la boda, que siempre estaba sobre el escritorio de palo rosa, ha desaparecido. Esa foto donde los dos bajaban las escaleras de piedra, risueños, trajeados de blanco brillante y de frac, Nadine con flores todavía en la mano, Augusto sonriente rodeándola con el brazo, ya no está. En su lugar alguien ha puesto una jarra de plata fría y refulgente que Nadine nunca ha visto antes.

Entrega el ramo de flores a la muchacha, que enseguida le dice con su voz pequeña desmayada:

—¡Ay, más lirios! La flor preferida de la señora. Parece que todo el mundo se ha puesto de acuerdo hoy y todos le han traído lo mismo —y luego añade—: Están ya en el comedor, a punto de tomar el chocolate con la tarta.

Chocolate a la taza con tarta de fresones es la merienda preferida de María Teresa, la que siempre ofrece a sus invitados por su cumpleaños.

Pero, ¡todo el mundo ha traído lirios! ¿Por qué no se le habrá ocurrido pensar en un regalo más sustancioso en vez de la docena de lirios que seguramente se perderán entre otros montones de flores semejantes y que María Teresa nunca llegará ni a ver? Consciente de sus manos vacías, cruza el gran salón de sofás de flores azules a juego con las cortinas, pasa al lado de las múltiples mesas camillas con sus faldillas de brocado y cubiertas de colecciones interminables de cajitas de plata.

En el comedor de paredes empapeladas con motivos de caza sobre paisajes oscuros, está María Teresa presidiendo la larga mesa y rodeada de su pequeño grupo de amigos. Su círculo íntimo, su *coterie* como ella lo llama, y en este momento está empuñando una larga copa de su bebida favorita, el cóctel de champán.

—Nadine, llegas a tiempo para brindar.

María Teresa tiene la nariz y las mejillas de un rosa intenso, lo cual indica que ya ha brindado varias veces. El grupo levanta la vista y la congela por un momento sobre Nadine. Mercedes, la amiga de infancia de María Teresa, mujer caballo con ojos caídos. Pepón, el marido pequeño de Mercedes, sin pelo, con ojos eternamente sonrientes y siempre vestido con niquis color rosa en verano. La tía Emilia, una viejecita de belleza momificada, enjuta, sorda, que vive en su propio universo.

Augusto, con camisa azul y pantalón claro, camina enseguida hacia Nadine y le pone una copa de champán en la mano, mientras le picotea la mejilla y le susurra al oído:

—Qué bien que hayas podido venir. Así hacemos el paripé un poco, y después de la tarta pasamos al estudio y vemos los papeles. —Nadine busca la mirada de Augusto con ojos cálidos, pero él da un paso atrás y tensa la cara mientras añade con tono hostil—: Claro que si todo esto te parece un coñazo, te los doy ya y acabamos.

Nadine no le responde, sino que se dirige a María Teresa, quien le ofrece ceremoniosamente la mejilla, mientras dice con voz monótona y afectada:

—¿Qué tal querida? ¿Cómo has estado? Gracias, gracias por venir a felicitarme.

María Teresa no es una mujer mal parecida. Para sus sesenta y muchos años presenta un aspecto saludable y, aunque demasiado delgada, tiene una figura elegante de la que todavía se jacta. El pelo teñido de oro añejo le cae hasta los hombros en mechones cuidadosamente estudiados durante horas en el espejo. La cara delgada y alargada, con nariz grande siempre perfectamente maquillada, alberga ojos verdosos pequeños y penetrantes cuya mirada contiene habitualmente un tinte burlón que en momentos extremos puede convertirse en cáustico. Es una de las características singulares de María Teresa, el contraste entre su mirada crítica y vivaracha y el resto de su persona, siempre perfectamente ataviada a la moda clásica, de modales circunspectos y conversación trivial fingidamente cariñosa. Pero detrás de su fachada está esa mirada aguda, casi punzante, que parece decir: «Sé quién eres aunque te escondas detrás de todo este teatro, de toda la farsa. Y no lo olvides, siempre te estoy vigilando».

Nadine conoce bien la mirada de María Teresa. Sabe perfectamente que la considera el gran error de la vida de su único hijo.

Pero también sabe que a pesar de ello le ha convenido tolerar su matrimonio, porque el desprecio que siente por Nadine, por su nuera, por esa chica huérfana de ojos descoloridos y ausentes, le hace sentirse todavía dueña del corazón de su hijo. El hijo que ha criado sola, al que ha dedicado su viudez entera. El hijo cuyo amor prioritario pudiera haber perdido si él se hubiera casado con una mujer como Dios manda, una mujer con personalidad, con dignidad, con saber estar en sociedad.

María Teresa viste un traje de popelín con flores verdes y moradas. De sus orejas cuelgan dos esmeraldas con reborde de oro, y sus pies pequeños y delgados calzan elegantes mocasines de piel clara. Frente a su mirada burlona, Nadine se hace consciente de su vestido de algodón azul mal planchado que ya no se le ajusta bien a la cintura por su reciente pérdida de peso.

Todas estas reflexiones e imágenes pasan por la cabeza de Nadine, e indudablemente también por la de María Teresa, mientras sus miradas se enganchan y se sostienen en un antiguo juego de poder. Los ojos grises descoloridos de Nadine con los ojos verdes astutos de María Teresa. Un paisaje marino nórdico con un jardín selvático ladino. Pero Nadine recuerda enseguida que no es momento de torneo, y retira la mirada buscando dentro de sí alguna chispa de simpatía por María Teresa, algo con qué acercarse a ella con algún grado de sinceridad.

—Estás guapa, María Teresa. Te sienta bien tu cumpleaños.

—Gracias, hija, gracias. No como a los veinte, pero aquí aguantamos.

—¡Y bueno! A los demás ni nos saludas, ¿o qué? —dice la voz de Pepón detrás de ella.

Nadine besa las caras acartonadas de las mujeres que ponen las mejillas sin mirarla. El cuerpo carnoso de Mercedes se estira un poco con la proximidad del de Nadine, aunque fuerza una sonrisa a la que sus ojos de media luna caída no acompañan.

—Ay, hija, qué fría traes la cara —dice la tía Emilia—, solo con tocarte se me mete el frío hasta los huesos. Vendrás del aire acondicionado. Qué duros son estos inventos modernos para los que no tenemos reservas en el cuerpo.

—Pero, doña Emilia, ¡qué va a venir del aire acondicionado! De todas formas no se preocupe que el chocolate caliente la va a poner enseguida como una moto —dice Pepón, riendo mientras le presenta un cachete rosado y caluroso a Nadine—: ¿Verdad que sí, Nadine? ¿A que tú sabes de chocolate?

Se trata de una broma privada de Pepón con Nadine. Siempre que están delante de la tía Emilia, Pepón habla en clave sobre drogas y otros temas revolucionarios como si Nadine fuera una gran experta, una chica moderna que ha vivido experiencias fuertes. A Nadine estas gracias le caen pesadas, pero quien de verdad se ofende siempre por ellas es Augusto.

—Qué boberías dices, Pepón, Nadine no sabe nada de eso. Mi mujer si de algo peca es de ser tan inocente que a veces hasta parece tonta —solía decir, mientras Nadine se ruborizaba detrás de una sonrisa impecable, y pensaba en el miedo que Augusto tenía de que cualquier tipo de información sobre los años anteriores a su matrimonio se filtrara dentro de los círculos de la familia.

Pero esta vez Augusto no la defiende. Se queda callado y, después de un momento incómodo, dice:

—Venga, ya va siendo hora de merendar. Voy a pedirle a Deisi que traiga la tarta. —Y sale hacia la cocina.

—Bueno, Nadine, y ¿a qué te dedicas estos días?

Es la pregunta que había temido. ¿Qué contar?, ¿que vive en casa de una amiga?, ¿que todavía no ha encontrado trabajo y sigue estirando el paquete compensatorio que le dieron en el despido del anterior?

Balbucea algunas explicaciones generales mientras piensa en la fuerte sensación que siempre la asalta durante las visitas a la casa de María Teresa: la añoranza irresistible de abandonar la compañía y huir al jardín. Y la conciencia de que satisfacerla sería un acto de infracción social, un delito de flagrante huida del aburrimiento, de la trivialidad insoportable de esa sociedad que se reúne habitualmente en casa de su suegra.

Ahora no puede evitar que sus ojos se escapen hacia las ventanas. No puede evitar anhelar deshacerse en el aire y flotar hacia el verde que siempre yace allí fuera, rutilante y silencioso, lejos del alboroto de comedores y salones, lejos de los destellos de copas de champán y el relucir del oro en los cuellos de las mujeres. Hundirse en esos jardines de lujo ajenos a sus dueños, diseñados y trabajados solo por jardineros contratados. Esos jardines de estética perfecta que adornan ventanas y balcones, que apenas se usan algunos días en verano, que se miran desde el porche cuando, sobre sofás de ratán con cojines blancos, se toman bebidas frías. Mientras Nadine sostiene la mirada de Mercedes y le relata lo elegante que es la casa de Jimena, advierte que otra parte de su conciencia ya está fuera de la ventana. Ya se desliza por las vastas alfombras de hierba que se extienden hasta las raíces de los árboles, rodeando lechos de flores y vertiéndose hasta los bordes del estanque. Pero cuando alcanza los rincones ensombrecidos por el follaje, donde se apila la maleza olvidada por el jardinero, descubre de pronto algo poderoso, un algo eterno, inquietante, que desde la oscuridad vigila imperturbable la frivolidad humana. Y comprende que también la está vigilando a ella.

Augusto entra en la habitación con pasos rápidos, haciendo aspavientos como si se quemara, y coloca de golpe una sopera enorme llena de un líquido oscuro y humeante sobre la mesa. Nadine lo mira con extrañeza y tarda unos segundos en comprender que se trata del chocolate caliente. Deisi, con la energía de una abejita, se apresura alrededor de la mesa colocando sobre el mantel almidonado platitos y tazas de porcelana fina bordeados de oro y lapislázuli. Augusto alarga los brazos por encima de la cabeza de su madre y coloca delante de ella una enorme tarta cubierta de nata blanca reluciente coronada con fresones gigantes.

—*Voilà le tarrrggton!* —exclama, afectando ese acento francés que le hace tanta gracia a su madre.

Todos los ojos se magnetizan sobre los cuerpos bermellones de las enormes fresas tumbadas sobre la cama de nata, gordas y remolonas, cortesanas de lujo repostero dispuestas a seducir, primordialmente, por los ojos.

Mercedes, con su voz monocorde, rompe la magia del momento:

—Estos fresones tan grandes no son como los de siempre. Aquellos sí que tenían sabor. Estos se ven muy bien, pero luego no saben a nada —dice con un suspiro de aburrimiento supino.

—Bueno, mujer, no están tan mal y por lo menos son más fáciles de conseguir que antes —intercala Pepón mientras Deisi le sirve chocolate con un cucharón.

—¡Sí, claro! —protesta Mercedes de nuevo—. Los producen masivamente en invernaderos. Así cualquiera. Nada, como los de antes ya no hay nada.

—Es cierto, es cierto —interrumpe la tía Emilia—, mi madre solía ir a la Dehesa de la Villa a recoger fresas salvajes y nos las preparaba con vino y con azúcar. Aquello sí que eran fresas.

—Pero tía, yo creo que en la Dehesa de la Villa nunca ha habido fresas. ¿No será que las compraba en algún mercado? —le replica Pepón, que siempre se empeña en corregir las fugas de memoria de la tía Emilia.

—Y tú qué sabrás —le responde la tía enfurruñada—, si ni siquiera habías nacido. Cuando yo era niña, en la Dehesa de la Villa había de todo. —Luego, volviéndose hacia Augusto dice—: ¿Ya has llevado a tu mujer a pasear a la Dehesa, Gusi? A los extranjeros hay que mostrarles las partes bonitas del país.

La tía Emilia no sabe nada, o ha olvidado que Nadine y Augusto están separados. Sus palabras crean tensión alrededor de la mesa.

—Pero tía, ¿cómo no va a conocer Nadine la Dehesa de la Villa? Si todo madrileño la conoce —Augusto responde pacientemente, aunque con tono exasperado.

Nadine recuerda que la tía Emilia ha hecho comentarios de este estilo en otras ocasiones.

—Bueno, como ella es extranjera, yo no sé si ha ido ya o no —dice la tía Emilia enfurruñada.

—Tía, Nadine no es extranjera, su madre era inglesa, pero ella nació en Madrid. Es tan de aquí como cualquiera de nosotros —intercede Pepón, mirando sonriente a Nadine.

—¿Y cómo lo iba a saber yo? Desde luego, no parece española —insiste la tía Emilia con tozudez—. Y, además, el nombre no creo que esté en el santoral —termina diciendo con la satisfacción que siempre muestra cuando puede aducir argumentos eclesiásticos para zanjar discusiones.

Nadine nota que el rubor le quema la cara, y por un momento no sabe si es por vergüenza o por rabia. Se da cuenta de que siempre se ha sentido tan diferente a este grupo de gente que, en efecto, es como si fuera extranjera. Realiza un escaneo rápido de su imagen desde un posible punto de vista de la tía Emilia. Su rostro tan pálido, los ojos grises, su cuerpo desgarbado, su torpeza para ataviarse de forma aceptable en círculos nativos elegantes. Y su nombre, Nadine, ¿cuántas mujeres se ha encontrado en España que se llamen como ella, Nadine?

—¡Ay, tía! ¿Dónde tiene la memoria? Nadine es de los nuestros y conoce muy bien los alrededores de Madrid. ¿A que sí? —repite Pepón y, volviéndose a Nadine, añade en voz más baja—. No le hagas caso, pobrecita, se le olvida todo. —Y subiendo de nuevo la voz, añade—: Hala, toma el cuchillo y córtanos la tarta, Nadine.

Siempre ha sentido que Pepón es la única persona del círculo de María Teresa que le tiene alguna simpatía. En realidad, Pepón les tiene simpatía a casi todas las mujeres, menos a la suya propia. Es uno de esos hombres que admiran incondicionalmente a las mujeres, las toquetean si pueden, y a pesar de ser considerados oficialmente unos pegajosos, siempre logran que las féminas disfruten con la atención zalamera que les proporciona. Nadine ahora le mira con agradecimiento y tolera que al pasarle el cuchillo le toque la mano más de lo necesario.

En ese momento suena el timbre de la puerta.

—¿Quién será ahora? No esperamos a nadie más, ¿no? —dice María Teresa, volviéndose hacia Augusto. Pero antes de que su hijo le conteste, se oye la voz de cascabel de Maribel entrando por la puerta principal.

—¿Qué tal, Deisi? Pasaba por aquí cerca y, sabiendo que es el cumpleaños de la señora, he venido a felicitarla.

Un ligero revoloteo se apodera de la mesa, mientras Augusto, visiblemente nervioso, se dirige hacia la sala de entrada.

—¿No es esa la voz de Maribel? —pregunta María Teresa.

Por la puerta aparece Maribel vestida de color verde manzana con zapatos y bolso a juego y el pelo sujeto en un moño alto de mechones aparentemente desordenados. En las manos trae tres cajas colocadas la una encima de la otra en orden descendente, envueltas en papeles de colores vistosos y atadas con lazos.

—¡Feliz cumple, María Teresa!

—¡Qué sorpresa, qué sorpresa! —María Teresa, Mercedes y la tía Emilia se alborotan y se vuelven sonriendo hacia Maribel.

—Pero, bueno, ¿qué haces tú aquí?

—Pues, ya ves, me he acordado de que era tu cumple y me he dicho voy a pasar cinco minutos a saludarla.

—¿Y estos regalos? Ay, hija, no deberías haberte molestado. —María Teresa recibe fascinada las cajas y empieza a tirar de los lazos—. ¡Qué ilusión! ¿Qué puede ser? No te tenías que haber preocupado.

De las cajas salen botellas de *eau de cologne,* un pañuelo de seda con flores y unos jabones aromáticos que enseguida compiten sobre la mesa con el olor del chocolate.

—Son cositas de nada. No se cumplen años todos los días —dice Maribel mientras Augusto le acerca una silla a la mesa al lado de María Teresa.

Maribel, ahora el centro de atención, habla animadamente. Nadine sabe que detrás del rubor que le cubre las mejillas, está reuniendo el valor para enfrentarse con ella. Maribel se pasa la lengua por los labios, ahora visiblemente secos, y finalmente se vuelve hacia Nadine.

—¡Ay, Nadine! ¿Qué tal? Cuánto tiempo sin verte. ¿Qué tal todo? —El esfuerzo por mantener su tono habitual de parloteo es inmenso, pero es fácil adivinar el estrés que se esconde tras la fachada. En un instante, Maribel se levanta de la silla y toma su bolso. Turbada, balbucea—: Bueno, no me puedo quedar. Realmente pasaba solo para saludar, pero me tengo que ir, me esperan...

María Teresa interviene inmediatamente:

—Pero cómo te vas a ir sin tomar chocolate. Nada, nada. Siéntate y merienda. Mira, Nadine estaba a punto de cortar la tarta, ¿a que sí?

—Pues claro —añade Mercedes—, y además, tú, hija, no te sientas incómoda. La suerte de los tiempos modernos es que ya no tenemos los remilgos de antes. Como en esa serie de televisión estadounidense, ¿cómo se llama? Los ex, los futuros, hijos de unos y de otros, madres lesbianas, abuelos metrosexuales, ¡hala!, todos mezclados en las celebraciones familiares y todos tan contentos.

—Desde luego, no hay quien os entienda a los jóvenes —dice María Teresa, mirando a Nadine con falsa sonrisa compasiva.

Nadine no le responde. Únicamente concentra todas sus fuerzas en sostener la impasibilidad del rostro, porque siente que en algún lugar profundo de la garganta ha comenzado un temblor, una especie de agitación precursora de un terremoto o de la erupción de un volcán. Dominar esta fuerza salvaje exige ahora mismo toda su fuerza de voluntad. Pero, a pesar del esfuerzo supremo, empieza a sentir cómo las córneas de los ojos se le inyectan de sangre y le empiezan a quemar. Baja los ojos hacia la mesa en busca de una salida, de algún objeto que la distraiga, que le recuerde algo donde le sea posible escapar de este momento de desnudez. Sí, se siente despojada, con el corazón desnudo, sin vendajes que cubran las heridas, sin sudario que oculte la faz desfigurada y expuesta ante los semblantes a la vez burlones y abochornados que la rodean.

Sus ojos finalmente se detienen en sus manos y mira con extrañeza esos dedos delgados y pálidos que sostienen un gran cuchillo. Al instante advierte que el cuchillo la deslumbra; su hoja reluciente refleja la blancura cegadora del mantel que lo rodea. El destello la domina, la hipnotiza con una extraña sensación, como si el reflejo del delgado filo la penetrara a través de los ojos y le causara un dolor agudo, exquisitamente insoportable, como el dolor de la yema de un dedo seccionada por una hoja de papel.

Mientras tanto, las manos, como si operaran independientes del resto de su ser, aprietan la empuñadura y levantan el filo, y Nadine comprende que con un movimiento ágil y ligero podrían también cortar la garganta de Maribel.

—Bueno, ¿qué? ¿Nos vas a partir un trocito de tarta o no?

Pepón ha acercado la cara a la de Nadine y la observa con desconcierto. El mal olor de su aliento la saca de su ensimismamiento, mientras hunde los ojos en la mirada compasiva de Pepón. Las manos dejan de apretar el mango del cuchillo.

—Sí, sí, claro —contesta clavando el cuchillo en la tarta.

—Venga, vamos, que se enfría el chocolate —dice María Teresa con una risita—, y a ver cómo se pueden dividir estos fresones gigantes.

—Pues creo que a Maribel habría que darle los fresones más grandes —afirma la tía Emilia.

—Anda, ¿y por qué a mí?

—Porque el que mucho regala, mucho recibe —sentencia la tía Emilia.

—Ah, ¿sí? ¡Pues démosle todo directamente!

Nadine se ha levantado de la silla bruscamente. Una rabia, como una nube de sangre frente a los ojos, la ciega. Con el cuchillo corta de golpe la tapa superior de la tarta como si se tratara de una cabeza, y después con el mismo cuchillo lo coloca todo sobre un plato.

—¡Aquí estan! Los fresones de Maribel —dice, ofreciéndole el plato repleto de fresones y de nata que se desborda por los lados. En ese momento se encuentra con las miradas horrorizadas alrededor de la mesa. Todos contienen el aliento y la observan con temor.

—Bueno, pues ya que la cuestión de la repartición de los fresones está solucionada, al menos pásanos a los demás algún otro sector de la demolición —dice Mercedes con sorna, rompiendo el silencio.

La furia de Nadine se derrite lentamente mientras siente que por todo el cuerpo empiezan a brotarle gotas de sudor. Está agotada, derrotada, el corazón le palpita con fuerza. Temblando, agarra su bolso, se da la vuelta y sale de la habitación. Atraviesa la puerta principal y se apresura a cruzar el jardín porque sabe que en cuestión de nanosegundos va a romper a llorar. Pero antes de llegar a la verja nota una mano pesada sobre el hombro. Es Augusto. Sin decir nada le entrega un sobre grande amarillo. Su mirada no denota enfado, pero sí esa expresión de exasperación silenciosa, esa impaciencia displicente que siempre muestra cuando ella no hace las cosas como él quiere, como deben ser.

—Lo siento, Augusto. —Nadine se traga las lágrimas incipientes.

Querría que la abofeteara, que le golpeara las manos que blandieron el cuchillo, que la arrastrara de los pelos por el jardín, pero Augusto solo le sostiene la mirada en silencio.

«¿Ves ahora cuál es el problema, Nadine? —parece decir—. ¿Te das cuenta de que no estás bien?, ¿de que realmente nunca has estado del todo bien?, ¿de que no eres una persona normal?».

Pero solo dice:

—Mañana le pido al abogado que te llame y te dé una cita para firmar los documentos.

Nadine baja la cabeza y Augusto abre la puerta del jardín. Una vez que ella sale, él la cierra. Suavemente.

Capítulo 9

$\mathcal{L}$os celos hacia Maribel no habían surgido inmediatamente, sino que se habían cuajado de manera silenciosa en la oscuridad de su aturdimiento crónico, envenenándola gota a gota, hasta que brotaron como un monstruo incontrolable aquel día memorable en casa de María Teresa. Al principio, la entrada de Maribel en sus vidas había sido hasta un respiro, una bocanada de aire fresco dentro del aburrimiento profundo de su rutina matrimonial, una explosión de color en el desierto beis de decoración elegante e insulsa de la casa.

Maribel vestía siempre de rosa chillón salpicado de verde o amarillo. Su cabello, también amarillo, le caía sobre los hombros con mechones de forma desigual. Era una mujer menuda que sin duda se veía mejor vestida que desnuda. Utilizaba pantalones claros muy ajustados con cinturones vistosos de Gucci o Hermès. Llevaba las camisas abotonadas hasta la mitad del pecho, un pecho pequeño y apretado que vestía con sostenes de colores insinuantes. Tenía los pies diminutos, siempre calzados con botas de tacón alto o con zapatos con hebillas brillantes a juego con grandes bolsos. Aunque fuera invierno, siempre estaba bronceada como si acabara de llegar de la playa. No en vano las demás secretarias de la oficina la llamaban la Marbellí o la *Barbie* playera. Hubiera tenido una cara de aspecto plácido con ojos castaños almendrados de no haber sido porque su nariz pronunciadamente aguileña y su boca estrecha le conferían un aire abiertamente depredador. Sin embargo su voz, dulcemente aguda como el tintineo de una campanilla, borraba de inmediato esta primera impresión. Maribel seducía con la voz.

—¡Cuántas ganas tenía de conocerte! He oído tantas cosas de ti.

Maribel se había acercado rápidamente a Nadine. Siempre con palabras halagadoras, como sobrepasada con una admiración desmesurada hacia ella, mostraba constantemente un interés insaciable por obtener el menor dato sobre su vida, sus gustos, sus experiencias. Al principio, Nadine se reía de ella para sus adentros. Le parecía una mujer tan falta de sustancia y de inteligencia, sus conversaciones le resultaban increíbles por lo banales e intranscendentes. Ropa, abalorios, chismes absurdos de la oficina, historias irritantes sobre sus sobrinos.

Mientras tanto, Maribel se abría camino poniéndose perpetuamente al servicio de los demás. En la oficina acompañaba a Augusto en los quehaceres más aburridos y en las largas horas después del trabajo cuando tenía que preparar presentaciones o informes. Lo esperaba hasta la hora que fuera, se iba a la otra punta de la ciudad a hacer fotocopias, a recoger informes o documentación. Maribel también se mostraba extremadamente servicial incluso cuando la invitaban a casa. Siempre recogía los platos de la cena y acompañaba a Nadine a ordenar la cocina. La ayudaba a encontrar chicas de servicio, le llevaba prendas al tinte o le pedía citas con el dentista desde la oficina. Poco a poco se fue introduciendo en sus vidas, haciéndose imprescindible. Los fines de semana, incluso algunas tardes después del trabajo, pasaba por allí. Aunque Nadine tenía sus reservas al principio, pronto se acostumbró a la nueva situación. Augusto y ella pasaban mucho tiempo en silencio, cada uno en un lugar diferente de la casa. Y los fines de semana eran declaradamente aburridos.

Hacía tiempo que un extraño alejamiento se había apoderado de ellos. A veces Nadine buscaba los ojos de Augusto y advertía con ansiedad que él ya no le sostenía la mirada, como si resistiera su cercanía. Nunca salían juntos a no ser que fueran invitados a comer o a cenar por colegas de trabajo o por familia. Hacía más de un año que no habían tenido relaciones sexuales. Augusto siempre estaba cansado cuando llegaba a la cama. Ella tampoco insistía.

Habían dejado de hablar de asuntos personales. La conversación con la cual se sentían más cómodos en los últimos tiempos era la bolsa y las inversiones financieras. Este era el tema preferido de Augusto y, aunque a Nadine le parecía lo más aburrido del mundo, siempre le seguía la corriente haciéndole preguntas y fingiendo interés. En el fondo, todo esto le producía tristeza, pero lo justificaba con llevar diecisiete años juntos. Suponía que las relaciones se asentaban, las emociones se pacificaban y se convertían en sillones viejos, cómodos y queridos aunque tuvieran la tapicería deslucida. Sin embargo, era también consciente de que la rutina en la que estaban sumidos formaba parte de la sensación de anestesia dentro de la cual ella vivía sumergida en los últimos años. Iba del trabajo, insoportablemente aburrido pero bien pagado, a su casa elegante y confortable, y pasaba la vida entre las flores en la terraza, libros de arte y literatura, cócteles del trabajo de Augusto y visitas a su familia política. Nadine no vivía. Solamente dormitaba mientras veía pasar la vida por la ventana de su salón blanco y beis, y se perdía entre las formas cambiantes de las nubes que se deslizaban frente a sus ojos entreabiertos.

Mientras tanto, Augusto iba y venía. Era un hombre callado de aspecto blando, pero en el fondo caprichoso y autoritario. Era un gran trabajador, un hombre de visión mercantil. En el área doméstica era perfeccionista, obsesivo con el orden, la limpieza, la apariencia correcta de las cosas. Con Nadine siempre había sido considerado, pero exigente. De más joven, cuando Nadine lo conoció, aunque siempre tuvo el mismo aspecto aplastantemente conservador, cuando se relajaba podía tener una sonrisa pícara y una gracia natural para contar chistes y hacerle reír a carcajadas. Era el único ejecutivo joven que la empresa de consultoría de su padre había contratado en los últimos años, porque era al parecer un genio del *marketing*. Su padre, siempre buscando maneras de retornar a sus hijas a su área de influencia, tras haberse ido ellas de casa enfadadas con su nueva mujer, se lo había presentado a Nadine una Navidad en un cóctel de empresa, mientras decía con un entusiasmo inusual:

—Quiero que conozcas al hombre que puede terminar llevando este negocio.

Acababan de hacer la venta más importante de los últimos tres años. Nadine, con dos copas de más, miró primero a su padre rezumante de júbilo mercantil, y después a Augusto, cuyo aspecto inicial le pareció soso y poco atrayente, aunque después se sobresaltó al vislumbrar la llama de la tremenda ambición que asomaba desde el fondo de sus pupilas. Y esa llama parecía interesada en ella también. Avanzaba como una cuadriga de poderosos caballos, se introducía por el canalillo entre sus senos y bajaba por dentro del vestido, pasando por el ombligo en dirección al pubis. Augusto levantó la copa de vino y brindó:

—Encantado de conocerte, Nadine. Debes de ser el mayor orgullo de tu padre. —Y con los ojos la citó a seguir tomando copas con él esa misma noche.

Salieron unas cuantas veces juntos, él siempre de traje y corbata impecable, con un ligero olor a sala de juntas de oficina. La llevaba a los bares de hoteles caros, lugares de lujo impersonal con moquetas infinitas de color caramelo, camareros con uniformes color vino y viejos pianistas americanos nostálgicamente vertidos sobre la dentadura de grandes pianos de cola. Allí conversaban mientras tomaban cócteles exóticos como un Bloody Mary o un Rum Manhattan. Un día, bastante bebidos, apostaron por atreverse a alquilar una habitación y darse un baño de champán. Nadine abrió los grifos de la bañera y persiguió a Augusto por el cuarto despojándolo de corbata, camisa almidonada y pantalones grises, mientras él, riendo, aseguraba que no había pensado en llegar tan lejos y que no quería problemas con su padre. Una vez en la bañera, bebieron parte del champán y se tiraron el resto por la cabeza. Las últimas gotas las vertieron sobre sus cuerpos desnudos mientras se lamían y besaban por todas partes.

Cuando llegaron a la cama, Nadine se lanzó sobre Augusto y le besó apasionadamente. Recorrió con los labios las axilas, los pectorales y el abdomen hasta las ingles. Pero, cuando después de un rato, sorprendida por su inercia, miró hacia arriba, vio que se había dormido. Lo zarandeó y le palmoteó la cara, pero todo fue inútil. Augusto yacía extendido en la cama, roncando profundamente como un hombre derrumbado. Derrumbado no se sabía bien si por el alcohol, la larga jornada en la oficina o la intensidad del juego de seducción. Nadine, desnuda y jadeante, bebió la última copa de champán frente al gran ventanal que miraba hacia la ciudad oscura dibujada en luces. Al final se tumbó en la cama a su lado esperando el amanecer. Ya desde ese momento supo que Augusto era de esa clase de amantes que son capaces de montar un escenario excitante, pero que nunca llegan a satisfacer las expectativas que han creado. Ese tipo de amantes cuya sexualidad se crece en el juego preliminar, pero se retracta frente a la fusión final. Y supo también que ella podía caer presa del juego de esperar al próximo encuentro para quedar satisfecha. Sin embargo siguieron saliendo, y un año más tarde se casó con él.

*

—¿Cómo te puede interesar un hombre que se duerme en mitad de una orgía? Solo sales con él para complacer a papá. No te dejes manipular por sus ambiciones de casarnos con los hombres de negocios que le convienen.

Alexandra, descalza y con unos *jeans* cortados con tijera por la parte alta de los muslos, atizaba los carbones de la pequeña barbacoa improvisada sobre el tejado de la buhardilla. Nadine, sentada sobre un taburete, y todavía pringosa de champán bajo el vestido de la noche anterior, sujetaba un plato sobre las rodillas y mordisqueaba una sardina asada que Alexandra le acababa de pasar. A su alrededor los tejados formaban un mosaico de colores ocre y salmón entretejidos en formas geométricas misteriosamente imperfectas. La ciudad antigua palpitaba bajo su vista, acalorada y humeante después de la larga jornada de verano. En el horizonte, nubes como hilachas largas desgarradas, teñidas de índigo y carmín, embriagaban el cielo.

Hacía tiempo que Nadine había dejado tambien la casa de su padre y se había ido a vivir con Alexandra. Alquilaban por aquel entonces una buhardilla diminuta en la calle del Olivar, a la cual solo se podía llegar subiendo cinco pisos de escaleras empinadas. Por una de las ventanas se podía salir a un pequeño rellano entre tejados que usaban de terraza. En las noches de verano hacían barbacoas y bebían vino, escuchaban música, y hablaban hasta entrada la madrugada. A veces invitaban a amigos y hacían fiestas hasta que los vecinos abrían los ventanucos de alrededor y les mandaban callar.

El barrio estaba poblado mayoritariamente por gente mayor, parroquianos humildes, encorvados y vestidos de negro, que habían vivido allí posiblemente toda su vida. La misma casera era una mujer vieja, castiza y malhumorada, con las piernas horriblemente hinchadas, que vivía en el primer piso y ni siquiera había podido enseñarles la buhardilla a la hora del alquiler, porque no podía subir las escaleras. Los meses en los que todavía le debían el arrendamiento tenían que entrar a toda prisa por la escalera, antes de que le diera tiempo a salir a la puerta y reclamarles. Cuando le adeudaban más de dos meses seguidos y se topaban con ella, solo Alexandra lograba apaciguarla.

—Elvira, enséñenos la foto de su marido cantando en la Zarzuela, ande, que quiero que mi hermana vea lo guapo que era. ¿Porque sabías, Nadine, que Elvira y su marido cantaban zarzuelas?

La mujer se hinchaba, halagada, y se olvidaba de su reclamación mientras se adentraba en el pasillo oscuro arrastrando penosamente los pies y clavando el bastón a cada paso, en busca de sus recuerdos de juventud. Nadine y Alexandra conspiraban entonces inventando excusas para el impago del alquiler.

El importe, aunque era una auténtica minucia, era difícil de reunir. Buscaban empleos a destajo en bares, oficinas y ferias, y vivían prácticamente sin nada. Los muebles de la buhardilla eran regalados o los habían encontrado en la basura, y muchas noches cenaban solo pan con un poco de queso. Pero eran libres y felices. Se despertaban tarde con el arrullar de las palomas que anidaban bajo las tejas; pasaban el día pintando, escribiendo, cantando, callejeando por el barrio. Una cuerda colocada de pared a pared con una sábana separaba un espacio que hacía de dormitorio. Si alguna de ellas traía un amante, dormía con él sobre el único colchón, mientras la otra se acomodaba en el sofá desvencijado de al lado escuchando a su hermana hacer el amor. A la mañana siguiente analizaban hechos y detalles de la noche anterior.

En aquella época, Amadeo ya había empezado a frecuentar a Alexandra. Al llegar una tarde a la buhardilla, Nadine se había sorprendido al ver a un hombre bastante mayor que su hermana sentado en calzoncillos en el sofá. Sus ojos verdes saltones la miraron con una mezcla de interés y astucia. Sin inmutarse por su desnudez, estiró levemente la mano hacia ella sin mover un centímetro el resto del cuerpo, y dijo:

—Hola, Nadine, soy Amadeo, el director teatral de Alexandra.

Nadine se quedó paralizada en el umbral de la puerta y, sin entrar en la habitación, preguntó:

—Y Alexandra, ¿dónde está?

—Ha ido a comprar algo de beber. Ahora sube —dijo Amadeo, dejando caer la mano sobre el regazo. —Nadine entró en la estancia y puso su bolsa en el armario—. Espero que no te moleste que me haya quitado la ropa. Es que hace un calor infernal en este cuchitril vuestro. ¿Qué tal, Nadine? Me ha dicho Alexandra que escribes poesía y que te interesa el teatro. —Amadeo la miraba con descaro.

De soslayo, Nadine también lo observaba con atención. Andaría en la treintena. Era un hombre alto y musculoso, moreno, con cabello y cejas negras, y de facciones muy definidas. Su nariz era grande y sus labios anchos. Se podría decir que era atractivo, aunque había una cierta cualidad grosera en sus rasgos que le recordaba al ogro de una lámina de un cuento que tenía de pequeña. Era consciente de que él también la examinaba con desconfianza. En ese momento entró Alexandra.

—Ah, ya veo que os habéis conocido.

—Sí —musitó Amadeo sin apartar los ojos de Nadine—. Ya nos hemos hecho grandes amigos.

Amadeo fue el primer hombre que desestabilizó la vida en la buhardilla. El segundo fue Augusto. Con la llegada de ambos, Nadine sintió que la intimidad entre ella y su hermana se empezó a disipar. Amadeo pasaba mucho tiempo en la buhardilla, y pronto empezó a cambiar cosas. Introdujo muebles provenientes del atrezo del teatro, una mesa demasiado grande, un biombo chinesco cutre, baúles, cortinas polvorientas. El espacio, ya de por sí estrecho, se volvió claustrofóbico. Amadeo, además, tenía una personalidad arrolladora. Hablaba todo el tiempo, emitía constantemente opiniones. A Alexandra la tenía hipnotizada. Le había prometido convertirla en una estrella, actuar y participar en la producción de su teatro, aunque por el momento solo la tenía vendiendo entradas y ayudándolo en la limpieza del local.

El teatro Espiral estaba en aquel momento situado dos calles más abajo de la buhardilla, y consistía en un pequeño local al fondo de un largo pasillo. Allí Amadeo había montado una tarima de madera a modo de escenario rodeado de sillas diferentes que había ido encontrando aquí y allá. Su intención era representar obras clásicas y alternativas de autores como Arrabal, Ionesco y Brecht, intercaladas con otras escritas por él. El local pertenecía a un tío suyo que tenía una bodega en el mismo edificio, donde Amadeo, abusando del carácter débil y la generosidad del viejo, se emborrachaba a menudo hasta el amanecer. Cuando bebía, contaba historias sobre sus experiencias en teatros alternativos de Londres y París, ciudades en las que había vivido cuando era más joven y donde aseguraba haberse iniciado en las artes escénicas. Como actor era increíblemente histriónico, declamaba a gritos con gestos excesivamente exagerados. Como director era un soberano dictador y le gustaba humillar a los actores con comentarios crueles.

Pero la mayor debilidad de Amadeo eran las mujeres. A cualquier hembra, joven o vieja, flaca o gorda, bella o fea, tonta o lista, le encontraba alguna gracia. Era empalagosamente galante con cualquier ser femenino, desde una auténtica abuela del barrio hasta una preadolescente o *ninfeta* que pasara por la calle. Era un amante insaciable, y su constante afán de conquista no tenía por objeto tanto los jugos individuales de los cuerpos que sin duda atortujaba entre sus apasionados muslos, sino las colecciones de historias de seducción que le gustaba llevar colgadas del cinturón, como a los guerreros de antaño llevar las ristras de las cabelleras de sus enemigos vencidos. Además, siempre sacaba provecho de sus conquistas. Dinero, trabajo gratuito, largas estancias en casas ajenas, objetos interesantes. Era toda una leyenda en el barrio.

Una de las primeras veces que Alexandra lo había traído a la buhardilla, Elvira, que fregaba dificultosamente el portal, le dijo al verlo:

—Ten cuidado con este. Es un hombre con mala espina.

Amadeo, que ya subía la escalera se volvió hacia ella y, soltando una risotada, respondió:

—¡Ay, Elvira! Ya sabes lo que dicen «Piensa el ladrón que todos son de su condición».

—¡Vete de aquí, *desgraciao*! ¡Calavera, que eres un calavera! —Elvira intentaba alcanzarlo con la fregona, y Amadeo, riendo, la esquivaba saltando a los peldaños superiores de la escalera.

Pero Alexandra no escuchaba nada de lo que nadie dijera sobre Amadeo. Estaba totalmente loca por él. Hablaba de él todo el tiempo, lo esperaba todas las noches hasta el amanecer si hacía falta. Los días que no venía se despertaba abatida, con los ojos surcados por ojeras azuladas, y enseguida pensaba en mil excusas por las cuales no había pasado la noche con ella.

Alexandra tenía solo diecinueve años y era una auténtica belleza, con su pelo rojizo ensortijado que le llegaba hasta la cintura, y su piel tan blanca que casi podía ser transparente. Sus ojos verdes, siempre tan vivos, eran capaces de transmutarse súbitamente con cualquier emoción, como caleidoscopios cuyos mosaicos de color se iluminan y oscurecen dependiendo de la superficie sobre la cual se enfocan. Desde que se fue de la casa de su padre había dejado de tener rabietas, aquellas durante las que era capaz de destrozar un cuarto entero en veinte minutos o tirar por la ventana cualquier objeto que se le pusiera por delante. A veces Nadine pensaba que parecía una persona totalmente distinta, pero lo achacaba a que su hermana ya no tenía que soportar a nadie que le hiciera sentirse incendiaria.

La salida de la casa paterna había sido apocalíptica. Después de que su padre se casó en segundas nupcias, el piso pasó al dominio de su nueva esposa, Mercedes, una mujer guapa y voluptuosa, caprichosa y gastadora, a quien siempre le molestaron las dos hijas de su marido. Durante años pareció que Alexandra y Nadine vivían en un aparte dentro de la misma casa, y Nadine negociaba con su padre los gastos mínimos para ella y su hermana, dinero para comida, para ropa, para la cuota del colegio, mientras Mercedes entraba y salía divirtiéndose como si viviera en un piso de soltera con su novio. Aunque de vez en cuando se empeñaba en demostrar quién mandaba allí. Un día les obligó a limpiar la casa antes de que vinieran unas amigas suyas a merendar. No contenta con los resultados, les exigió que ordenaran todos los armarios de ropa. Alexandra se negó, y empezaron a pelear. En un arranque repentino de ferocidad, Alexandra abrió los cajones de la cómoda donde Mercedes guardaba su lencería y comenzó a tirar la ropa por el balcón abierto. Mercedes, dando alaridos, interpuso su voluminoso cuerpo entre el balcón y la cómoda intentando salvar con los brazos abiertos alguna prenda de la lluvia de ligueros, sostenes, fajas y bragas que salían catapultados hacia el cielo abierto y después caían en vertical sobre la calle. Germán entró en el cuarto justo cuando el último par de bragas de encaje morado salía disparado por el aire. Alexandra y Mercedes, con las caras encendidas y los ojos afilados por el odio, se miraban jadeantes.

—¿Qué pasa aquí? —preguntó Germán, y las dos comenzaron a chillar simultáneamente.

—¡Esta no me manda como si fuera mi madre!

—¡Qué clase de verdulera tienes por hija!

—¡Basta! —rugió Germán, y el cuarto quedó en silencio.

—No sé qué ha pasado, pero quiero que le pidas disculpas a Mercedes.

—Yo no le pido disculpas a esta imbécil.

—Alexandra, ahora mismo a tu cuarto.

—No me voy.

—Que no te lo diga otra vez.

—Que no me voy. —Era la primera vez que se enfrentaba así a su padre.

Germán empezó a temblar visiblemente y su voz adquirió un tono sordo y feroz.

—Entonces vete en este momento de mi casa, y no vuelvas nunca más.

Hubo un golpe de silencio. Alexandra bajó los ojos y se recompuso un momento. Después dijo con voz tranquila:

—Está bien, padre. Me voy. —Y salió de la estancia.

Nadine corrió al cuarto de su hermana. Alexandra había bajado una maleta de la parte alta del armario y la llenaba con ropas y libros.

—No seas loca, pídele perdón.

—No pienso hacerlo. Se acabó mi vida en este reformatorio familiar. No lo soporto más.

—¿Adónde vas a ir?

—Me da igual. A un hotel. Tengo dinero.

—¿Y después?

—Nadine, tu problema es que siempre estás cagada de miedo.

Alexandra arrastraba la maleta hacia la puerta de salida. Nadine corrió a su cuarto. De la caja de madera de la librería sacó un fajo de billetes que se metió apresuradamente en el bolsillo. Alexandra esperaba frente a la puerta del ascensor.

—¿Te acompaño por un taxi?

—No te lo aconsejo. Papá te desheredará.

En ese momento subía el portero por la escalera con una bolsa desbordada con toda la ropa interior de Mercedes.

—¿Es esto vuestro, niñas? —Era un hombre grande y tímido que bizqueaba en situaciones embarazosas o simplemente incomprensibles.

—No, es de Mercedes. Llame al timbre, Antonio, que las estará esperando.

Alexandra sonreía maliciosamente.

—Ahora todo el barrio le habrá visto las bragas —dijo, y Nadine tuvo que reír.

—Toma dinero y llámame mañana.

Todavía reían cuando se cerró la puerta del ascensor, desapareciendo tras ella Alexandra con su maleta.

Toda esa misma colección de lencería volverían a verla más tarde, cuando, después del accidente, recibieron los efectos personales que su padre y Mercedes llevaban en el maletero del vehículo en el que se estrellaron.

Capítulo 10

A través de las persianas se filtran haces de luz anaranjada provenientes de los faroles de la calle. La habitación ha quedado de pronto en penumbra. Nadine se estira sobre el sofá de cuero color oliva notando el entumecimiento de su cuerpo. Lleva todo el día en el hospital. Hoy Cristian trabaja hasta tarde. Ahora, cuando venga, ella se marchará. Cristian ha impuesto los horarios. Él quiere quedarse de noche. Ella viene por la mañana y está todo el día.

Desde el sofá, escucha la respiración profunda y espaciada de Alexandra. Se levanta silenciosamente y se acerca hacia la cama. Todavía duerme. Ahora lo hace casi todo el día. Le ajusta la sábana y mira la vía del suero conectada al brazo de su hermana. Con ansiedad comprueba que la gota que sale de la bolsa cae de forma regular dentro del tubo que conduce al brazo. Solamente pensar que tiene que presenciar otro episodio en el que tengan que buscarle a Alexandra otra vena le produce una sensación de náusea en el estómago. Su hermana ya no tiene venas en los brazos, sino que son una cicatriz morada en su totalidad.

—Si ve que no cae la gota —le ha dicho la enfermera de la mañana, una joven gordita con ojeras profundas—, llámenos inmediatamente. Quiere decir que está obstruida la vía y es peligroso.

Despacio, toma la mano de Alexandra. La coloca sobre la palma de la suya y la acaricia suavemente, como si fuera un animal pequeño al que hubiera encontrado perdido y asustado. Pero la mano no responde.

Antes, por la tarde, le había dicho:

—Prométeme que serás amiga de Cristian.

—Nunca dejarás de pedirme cosas imposibles.

—Una vez que yo no esté, ya no será imposible.

—Ya empezamos.

—Las dos sabemos que ya no queda mucho.

—No quiero hablar de esto.

—Si lloras, me pongo yo también.

*

Solo han pasado dos semanas desde que Nadine llegó por primera vez al hospital, pero le parecen meses. Ya conoce de memoria el blanco brillante de los pasillos, la vista panorámica urbana de la cafetería y cada centímetro del cuarto de Alexandra. Las diferentes enfermeras que atienden los turnos del día, el personal que viene a limpiar, los médicos que hacen rondas mañana y tarde. Es increíble cómo todo se ha convertido tan rápidamente en rutina. La vida ahora se divide en dos porciones precisas, como cortadas con un cuchillo, lo que ocurre dentro y fuera del hospital. Y en cualquier división en la que se encuentre le obsesiona el mismo pensamiento, salir de la porción donde está y entrar en la otra.

Alexandra pasa de estados de ánimo agitados a momentos de languidez exhausta. En sus ratos de entusiasmo quiere que Nadine y ella repasen memorias del pasado.

—¿Te acuerdas del camerino del primer teatro de Amadeo?

—¿Quieres decir ese cuartucho de mala muerte al fondo del sótano?

—Ese mismo, lleno de pelucas extrañas y atuendos locos.

—Que además olía a la cañería del váter de al lado.

—¿A quién le importan esas cosas cuando estás a punto de salir al escenario?

—Bueno, te confieso que me fascinaba ver cómo te dabas los últimos toques de maquillaje frente a aquel trozo de espejo roto.

—Pero si te parececía todo superdeprimente.

—Sí, me parecía deprimente, pero reconozco que me cautivaba aquel teatrillo.

—Y has esperado todo este tiempo para contármelo —dice Alexandra con un chasquido de la lengua.

Casi siempre después de unas cuantas frases seguidas de carcajadas cada vez más débiles, Alexandra cae agotada sobre la almohada, y tiene que descansar un buen rato. Entonces Nadine espera a que se duerma, y después sube a la cafetería y se sienta en una mesa junto a los grandes ventanales, mirando la vista de la ciudad.

*

«Those who are loved by the gods die young». Era la inscripción en tinta negra, con una letra larga y elegante de otro siglo, en la primera página del libro pequeño forrado en piel que su madre había guardado siempre en el cajón de la mesa de noche al lado de su cama. Era un libro de poemas de Arthur Rimbaud traducidos al inglés, *The illuminations (Las iluminaciones)*. Y

en la primera página, debajo de la inscripción, decía: «*To my dearest Ethel, from Robert, London 1958*». La fecha era anterior a la llegada de su madre a España. Pero nunca supieron quién era Robert, sabían tan poco de la vida de su madre en Inglaterra. Habían hecho muchas conjeturas sobre la posibilidad de que fuera un novio, un amigo, un amante. Pero todo quedó en el misterio. También, durante años, el significado de la cita fue un enigma. Aunque podían identificar las palabras individuales, el sentido integral seguía siendo una nebulosa: «Los que mueren son queridos por los dioses, los dioses mueren jóvenes, los dioses aman». Nadine recuerda su obsesión por descifrar el significado de la frase. También recuerda haber buscado en aquellos años de adolescencia una traducción al español de *Las iluminaciones*. Haberse sentido impactada por la cruel belleza de los versos de Rimbaud. Pero la frase escrita en tinta dedicándole el libro a su madre era lo que más curiosidad le producía. Sentía que de alguna forma misteriosa guardaba información esencial sobre Ethel, podría dar pistas acerca de su identidad y el significado de su vida.

Cuando, al fin, Isabel Montoya, una profesora de inglés joven y erudita, pero muy simpática, llegó al colegio de monjas un año, Nadine, después de unas semanas, se le acercó y le pidió que la ayudara a traducir la cita. «Aquellos que son amados por los dioses mueren jóvenes, aquellos a quienes los dioses aman mueren jóvenes, o aquellos amados de los dioses se van pronto», tradujo Isabel. Después le explicó que era una idea que tenía su origen en la tragedia griega, y le preguntó, mirándola con interés, que de dónde había sacado la frase.

Sin responderle, Nadine le preguntó:

—¿Qué quiere decir?

Isabel reflexionó un momento.

—Creo que los griegos pensaban que morir joven realizando un acto heroico u otra cosa importante era lo máximo. Quizá fuera también su forma de explicar la injusticia de una muerte prematura.

A pesar de haber obtenido el significado, Nadine le siguió dando vueltas en la cabeza a la frase. ¿Quién iba a morir joven?, o ¿quién había muerto joven? En aquel momento no pensó que tuviera ninguna relación con Ethel. Su madre había fallecido a los treinta y cuatro años, y para la mente adolescente de Nadine ya no era joven. Pero ahora que había superado en edad a su madre, ahora sí le parecía que había muerto joven. Muy joven. Y Alexandra, que acababa de cumplir cuarenta años, también le parecía demasiado joven para morir.

«Aquellos que son amados por los dioses mueren jóvenes». La frase retumba en su cerebro. ¿Qué significa en realidad? ¿Que los dioses prefieren los tallos cortados en flor? ¿Prefieren vidas cortas, intensas, cadáveres hermosos, con caras de piel tersa, con manos suaves, blancas? ¿Prefieren poder rellenar con la imaginación todo lo que hubiera podido ser, todo lo que hubiera podido florecer? O ¿es que simplemente la muerte temprana es el regalo supremo de los dioses, una manera de ahorrarnos la banalidad y el sufrimiento de este mundo, de acortar la enfermedad y la vejez, y de llevarnos con presteza a disfrutar las delicias de otra vida?

*

—¿Sabes? Una vez intenté saltar por un puente a la autopista.

—¡Por un puente!

—Sí, era uno de esos puentes modernos de la M-30.

—Y evidentemente no lo lograste.

—No. Vino un chico y me pidió un cigarrillo.

—¿En serio? ¿Y Augusto?

—Cuando volví a casa seguía durmiendo.

A veces tiene conversaciones imaginarias con su hermana. Conversaciones en las cuales ensaya decirle cosas que nunca se ha atrevido a contarle ni a ella, ni a nadie, porque durante años Nadine ha llevado un armazón. Abrir el pecho, exponer su vulnerabilidad era invitar a Alexandra a criticar su vida, a mostrar desprecio por el espacio seguro pero mediocre que Nadine se había procurado en el mundo. Pero, ahora, ¿qué importaba todo eso?

«Tu hermana vale mil veces más que tú», le había gritado Cristian el día que se pelearon en el pasillo del hospital.

No se ponían de acuerdo para hablar con el médico sobre el delicado asunto de las cantidades de narcóticos y opiáceos que se le empezaban a administrar a Alexandra. Cristian pensaba que la inconsciencia era la mejor manera de estar en esta situación. Nadine veía con horror como su hermana pasaba las pocas horas del día en que no dormía en un estado de atontamiento.

—Tampoco es cuestión de que esté como un vegetal —le había dicho a Cristian.

—Es mi mujer, y no voy a permitir que tenga dolor, ¿entiendes? —Cristian tiene la capacidad de exasperarse espontáneamente y de explotar sin avisar.

—El médico ha dicho que no tiene dolor, y cuando yo le pregunté a ella esta mañana...

—Tú no decides. Yo soy el marido y tomo las decisiones.

—Pero ¿no crees que puede estar cómoda y a la vez más alerta?

—Tu hermana vale mil veces más que tú.

Cristian podía entrar súbitamente en ataques personales de corte irracional. En esos momentos Nadine intentaba aguantar el temporal, sabiendo lo mucho que estaba sufriendo, pero a veces no podía contenerse y saltaba.

—¿Y qué tiene que ver eso con lo que estamos discutiendo? —Su tono empezaba a estar a la altura del de Cristian.

—Tú crees que el cáncer se contagia de la misma forma en que se le infecta a uno un ojo, o se le pega un catarro. Pues no, el cáncer te lo dan los que te rodean. Y qué te crees, ¿que tú y tu familia no tenéis ninguna responsabilidad en lo que le está pasando a tu hermana?

—Pero ¿qué dices? Por mucho que seas el marido no tienes derecho a insultar a mi familia. —Nadine ya estaba casi gritando.

Una enfermera se acercó por el pasillo.

—Por favor, no levanten la voz, hay gente durmiendo. Vayan a la cafetería. —Y les lanzó una mirada de reproche. Era la enfermera del final de la tarde y estaba familiarizada con sus refriegas.

Cristian y Nadine caminaron hacia los ascensores.

—Tú crees que porque soy extranjero soy estúpido —siguió Cristian, ahora mascullando.

—¡Basta! —dijo Nadine—. Tenemos que permanecer unidos en este proceso. Es la única manera de que...

—Tú y yo nunca estaremos unidos en ningún proceso —la cortó Cristian, y caminó rápidamente por el pasillo, dejándola atrás.

Nadine ha aprendido a temer los encuentros con Cristian. Siempre surge alguna controversia, siempre terminan discutiendo, y Cristian invariablemente tiene la última palabra. Es como si le tendiera trampas, y por más que Nadine resista, él siempre se las arregla para arrinconarla en un lugar sin salida donde hacerla estallar. Como un animal al que uno persigue hasta llevarlo al cepo y allí, acorralado, se lo somete a la última batalla. Nadine termina exhausta después de estas discusiones que no llevan a ninguna parte. Aunque son claramente la táctica que Cristian emplea para descargar emociones.

Sin embargo, con Alexandra, Cristian es totalmente diferente. La trata como a una diosa. Constantemente atento a cualquier pequeña necesidad o deseo, rendido a sus pies desde la noche, cuando llega, hasta la mañana cuando se va a trabajar y Nadine lo reemplaza. La defiende como una bestia salvaje frente al personal del hospital. Lleno de ternura, de adoración incondicional, todos los días le trae ramos de flores, la provee de botellas de agua, cremas para los labios, revistas, y todo lo que pueda agradar a una persona atrapada en la cama de un hospital.

*

Una enfermera entra en la habitación para cambiar una de las bolsas del gotero. Nadine se incorpora en el sofá. Cuando la enfermera sale, se acerca a su hermana. Alexandra duerme profundamente y su cuerpo está tan quieto que parece un maniquí debajo de las sábanas. Nadine le pone la mano sobre la frente. Está fría, ausente. Le arregla el gorrito de algodón que le cubre la cabeza donde apenas hay una pelusilla rojiza y blanca.

—La primera vez que el médico me habló del tratamiento de quimio me advirtió de que se me caería el pelo, aunque luego me crecería otra vez. Enseguida entró una trabajadora social y me aconsejó que me comprara una peluca. Así no tendría que ir por ahí diciendo que tenía cáncer, y además no me sentiría fea. Pero yo le pregunté a Cristian si le importaba, y cuando me dijo que no, solo me compré un turbante.

Alexandra está muy locuaz por las mañanas cuando llega Nadine. Habla sin parar durante una hora antes de dormirse otra vez.

—Pero ahora me han dado tantos tratamientos, tanta radiación, que no creo que me pueda crecer más. Tendré que ser la actriz calva, como *La cantante calva,* ¿te acuerdas de la obra de Ionesco? Estoy pensando que cuando salga de aquí voy a volver a montar esa obra otra vez, claro que posiblemente me tendré que poner peluca para salir al escenario. Qué contradicción tan poética, ¿no crees? —Nadine sabe que Alexandra hace grandes esfuerzos para contarle anécdotas cómicas y hacerle reír. Aunque ella solo consigue sonreír.

Algunas veces cuando mira a Alexandra imagina una visión doble. Como dos fotografías superpuestas: la imagen antigua de su hermana con el cabello largo y pelirrojo, encendido, sobre la imagen actual, pálida, hinchada, sin pelo. Otras veces, esa doble imagen se disuelve en otra aún más descolorida, casi cenicienta. Las briznas rojas se combustionan, arden y se calcinan, y lo que queda es ese gorrito fino de algodón blanco que ahora cubre la cabeza de su hermana.

Cuántas veces ha pensado en las palabras de aquel personaje extraño, Túpac, «Una mujer que carga una pena antigua como una brasa». Ahora comprendía quién era esa mujer. Y sabía en qué consistía esa brasa que consumía desde dentro el cuerpo de su hermana, que le quemaba el pelo. Y la pena antigua, ¿quién sabe? Quizá Cristian tenía razón. La brasa venía de la familia. Tal vez se trataba de una pena muy distante, enterrada en generaciones remotas de ancestros, de esas penas que quedan encapsuladas en las tumbas, de esas penas que provienen de secretos que se encierran durante vidas enteras en el corazón. Y después se convierten en veneno, se esculpen en el ADN de los linajes, para brotar más tarde como flores oscuras y tristes en campos que antes reventaban de amapolas.

—Señorita, me dijo la enfermera que quería preguntarme algo. —El médico joven de la tarde está frente a Nadine, su cuerpo largo y delgado cubierto por la bata blanca que le queda un poco grande. Bajo la bata lleva *jeans* y mocasines náuticos con los cordones mal atados. Sus ojos azules huidizos corretean nerviosos por la cara de Nadine, después por la habitación, sobre la cama de Alexandra, suben por el tubo del gotero y finalmente vuelven a enfrentarse tímidamente con los de ella.

Nadine se pasa la lengua por los labios secos. Ha olvidado lo que quería preguntar.

—Quería saber si es necesario que le pongan tantos calmantes. Apenas está despierta tres o cuatro horas al día —pregunta Nadine, mientras se esfuerza en leer el nombre en el pequeño letrero que lleva sobre la bata a la altura del pecho: «Dr. Iván Gómez».

—Eso hay que hablarlo con el oncólogo. Es él quien decide el protocolo —responde el médico, y cuelga ligeramente la cabeza antes de añadir—: pero le diré que muchos pacientes prefieren los calmantes. Les ayudan con la ansiedad.

Nadine siente de pronto su cansancio. Descubre en sus ojos su desaliento, percibe cómo su juventud languidece en un lugar como este, un hospital que se esfuerza en disfrazar la muerte con calmantes sofisticados, pasillos largos y espectaculares, repletos de ventanales brillantes y cuadros sugerentes. Algo se conmueve dentro de ella, pero no puede evitar cierta dureza cuando le pregunta:

—¿Está seguro de que le crecerá otra vez el pelo?

—En principio, sí. Una vez que se recupere. —La última palabra cuelga en el espacio por un momento.

Nadine pregunta enseguida:

—Pero ¿será igual? ¿Le crecerá igual que antes?

—Quizá no. A veces tiene otra textura al principio. Depende de la persona.

—Pero ¿será del mismo color? —Nadine siente como cada pregunta acrecienta su agitación, mientras ve que son ahora los ojos del doctor los que se ensombrecen con lástima.

—Es posible que sea más cano. Tendremos que esperar. —El doctor se queda un momento en silencio mientras Nadine respira hondo. Luego se despide con voz suave y sale del cuarto con pisadas distraídas.

Capítulo 11

*A*lexandra siempre ha llevado el pelo largo, una melena roja espesa y ensortijada, deslumbrante. Solo una vez la ha visto Nadine con el pelo corto. Esa imagen irrumpe ahora en su mente como el primer fotograma de una película cuyas escenas va a revivir en detalle.

Aquella noche sonó el teléfono repetidas veces en el cuarto de al lado mientras dormía. Le costó despertarse.

—Seguro que es tu hermana —dijo Augusto, dándose una vuelta en la cama.

La llamada se cortó un par de veces, y después empezó a sonar otra vez. Miró la hora. Eran las tres y media de la mañana. Se envolvió en la bata y caminó hacia el teléfono con las piernas todavía torpes por el sueño.

—¿Sí?

—Sé que te despierto. Pero tengo que verte. Es urgente. —La voz de Alexandra sonaba ronca.

—Son las tres y media, y mañana trabajo temprano. ¿No puedes venir a la oficina y comemos?

—¡A la oficina! ¡No puedo esperar hasta mañana! —Había rabia en la voz de Alexandra, y Nadine apartó el teléfono del oído para reprimir un suspiro. Transcurrió un momento en el cual cada una era consciente del silencio de la otra. Luego la voz de su hermana volvió a decir más tranquila—. Estoy aquí abajo. Por favor.

—Bueno, te abro.

Pulsó el botón del telefonillo. Después de unos momentos, Alexandra entró sin mirarla a los ojos. No se besaron ni se saludaron, sino que caminaron en silencio hasta la sala. Allí Nadine encendió una lámpara y se contemplaron por primera vez. Alexandra estaba mucho más flaca que la última ocasión en que la había visto. Tenía aspecto de no haberse cambiado de ropa en varios días. Vestía una cazadora de cuero raída, y *jeans* metidos dentro de unas botas verdes viejas. Grandes ojeras azuladas le rodeaban los ojos. Y llevaba el pelo corto por primera vez en su vida.

—¡Te has cortado el pelo!

—Sí, un experimento. —Alexandra tiritaba forzando una sonrisa y frotándose los brazos—. ¡Qué frío hace ahí fuera! ¡Menos mal que has contestado al teléfono!

—¿Y qué iba a hacer?

—No sé, quedarte inconsciente en los brazos de Morfeo o incluso entre los del emperador Augusto...

Un rubor cubrió el rostro de Nadine y Alexandra calló. No era el momento de hablar de su marido.

Alexandra se sentó en el sofá mirando al ventanal.

—Estoy embarazada —dijo con voz hueca.

—¡No fastidies!

—Sí. ¡Fastidio! —contestó Alexandra mirando a Nadine con ferocidad—. Siempre soy la que fastidia.

—No quise decir eso. Lo siento. —Nadine hundió el rostro entre las manos. Qué difícil era hablar con su hermana. Cuánto rencor las separaba. Y luego, volviendo en sí, preguntó—: ¿Qué vas a hacer?

—¿Qué crees? —preguntó Alexandra, otra vez brusca—. ¿Tengo alguna otra posibilidad?

—¿Y Amadeo...? O no es...

—Sí. Es de Amadeo. ¿Y qué te puedo contar ahora mismo de Amadeo? Pues que si me ahorco colgándome de un poste de teléfono... ¡Bah! Yo qué sé. Supongo que echaría dos lágrimas y se refugiaría en los brazos de la próxima actriz que venga a pedirle un papel. Ese hijo de puta, ese gran cabrón que seduce con ojos de perro y traiciona con dientes de chacal. —La voz de Alexandra empezaba a entrar en la entonación teatral del escenario.

Nadine, nerviosa porque su marido las oyera desde el dormitorio, se levantó y cerró la puerta que daba al pasillo. Al volver, se sentó otra vez. Alexandra se retorcía las manos con la mirada baja. De repente, levantó los ojos.

—Nani, acompáñame a la clínica —imploró.

Una ola de emoción silenciosa rompió en el pecho de Nadine. Hacía mucho tiempo que no la llamaba Nani. Era el mote de casa cuando eran pequeñas. Alexandra no podía pronunciar el nombre de Nadine y decía con lengua de trapo «Nani, Nani», y así se quedó.

—¿Cuándo vas?

—Tengo cita para mañana por la tarde.

—Mañana no puedo. Tengo una presentación ante la Comisión Europea de la Empresa. Llevo tres meses preparándola. Cambia la cita para el viernes.

—¿No puedes decir que estás enferma? No puedo cambiar la cita.

—¿Qué más te dan dos días? No puedo dejar colgado a todo el mundo.

—¿No crees que esto es más importante?

—Pero si solo son dos días.

—¿Cómo me va a dar lo mismo dos días? ¿Tú sabes lo que son dos días estando como estoy? Cada día me crecen más las tetas y siento más calor en la barriga. Cada día se desarrollan circuitos neuronales, venas, órganos, ojos, dedos. Ya le late el corazón. No puedo esperar dos días. Me voy a volver loca.

La voz de Alexandra había ido *in crescendo*. Nadine tenía un nudo en la garganta y sentía ganas de llorar, pero solo fue capaz de decir:

—Por favor, no levantes la voz. No quiero que Augusto se meta en esto.

Alexandra la miró con furia, pero luego cerró los ojos, suspiró largamente y echó la cabeza hacia atrás.

—Déjalo, Nani. De todos modos no tengo derecho a pedirte nada.

Esta vez el nombre de Nani la atravesó como una puñalada de hielo. Quedaron las dos en silencio, mientras Nadine era consciente de la tensión que sentía en las mandíbulas. Imaginó lo que supondría dejar todo y acompañar a Alexandra la tarde siguiente. El viernes sería también difícil. Con Alexandra todo era siempre difícil.

—Por favor, cambia la cita al viernes —volvió a decir consciente de la poca convicción de su voz.

Alexandra miraba al suelo en silencio abrazándose los costados y tiritando.

—Hace frío. Voy a poner la calefacción —dijo Nadine, y se levantó.

—No merece la pena. Me voy enseguida.

Nadine echó mano de la manta de cachemira roja que estaba sobre el brazo del sofá, y abriéndola se la echó a su hermana por los hombros, pero Alexandra hizo un gesto negativo con el tronco y la manta resbaló hasta el suelo. Nadine se sentó otra vez, abatida.

En ese momento apareció la cabecita de *Rosco* por la puerta. Debía de haber abierto la puerta de la cocina, donde Augusto lo encerraba por las noches. Entró, y después de estirarse a sus anchas en el umbral, se acercó a Alexandra moviendo la cola y le lamió las manos. Ella lo miró con anhelo y le acarició la cabeza. *Rosco* se sentó a sus pies, pegándose a sus piernas como abrazándola con el calor de su cuerpo. Alexandra le rascó las orejas y cuando levantó otra vez los ojos, Nadine vio que los tenía rebosantes de lágrimas.

—¿Te acuerdas de *Sasha* con sus orejas largas de color miel? A veces la echo mucho de menos.

Sasha era una perra spaniel que habían tenido de pequeñas. Murió atropellada cuando Alexandra tenía diez años. Nadine miró a su hermana con tristeza. A veces su infantilidad era exasperante. Alexandra se secaba las mejillas y la nariz con el dorso de la mano, mientras Nadine era consciente de la sensación acorchada dentro de su cuerpo, de la máscara rígida sobre la cara. Se sentía incapaz de acercarse a Alexandra y tocarla, de abrazar su cuerpo tembloroso. Sintió envidia de la simplicidad emocional de su propia perra. Pero no fue capaz de decirle: «Quédate a dormir aquí esta noche, no quiero que te vayas sola a casa».

Pensaba en Augusto, cómo se levantaría con el ceño fruncido por la mañana y cuestionaría su presencia en el piso. Cómo su cara se teñiría de ese tono displicente si se enterase de lo de la clínica. Se levantó nerviosa del sofá, y dijo:

—Espérame un momento.

Con pisadas sigilosas para no turbar el silencio de la casa, se deslizó por el pasillo hasta llegar a su dormitorio. Allí se detuvo para comprobar que Augusto dormía profundamente, y luego se dirigió a su armario. Del primer cajón sacó el joyero y extrajo un fajo de billetes.

Cuando volvió al salón, Alexandra ya no estaba en el sofá. Miró a su alrededor desconcertada, pero enseguida sintió la corriente de aire helado que provenía de la terraza abierta.

Fuera, Alexandra contemplaba la noche apoyada en la baranda. Era una noche cerrada sin luna. Solo las luces amarillentas de los faroles iluminaban el jardín de la urbanización. Cuando la oyó entrar, Alexandra dijo, sin volverse:

—Si naciera lo llamaría Nero, porque ha sido concebido en uno de los momentos más negros de mi vida.

Nadine le puso la mano en el hombro.

—Ahora no pienses en eso —dijo, y después de un momento añadió—: Bueno, y de todos modos, ¿cómo sabes que es un niño? Pudiera también ser...

Alexandra se volvió con una mueca.

—¿Qué? ¿Una ranita?

Se miraron un momento divertidas.

—¿Te acuerdas de aquella chica que se quedó embarazada y le dijo a su padre que le había entrado semen en una piscina pública, y su padre le dijo «¿De quién? ¿De una ranita?»? Alexandra reía a carcajadas.

164

—La pregunta del millón antes de romperle la cara.

Estallaron las dos en risas, y después Nadine se tapó la boca.

—¡Shhh! Vamos a despertar a todo el mundo.

Los ojos de Alexandra volvieron a oscurecerse.

—Me tengo que ir. Estoy muerta.

Pero no se movió.

—Ven, entra, hace mucho frío —dijo Nadine.

De vuelta en el salón, le metió el fajo de billetes en la mano. Alexandra los miró por encima.

—Por lo menos a ti no te falta el dinero. —Su voz adquiría de nuevo el tono cínico que empleaba con Nadine siempre que venía a su casa o cuando estaba frente a Augusto. Pero enseguida añadió—: Te lo agradezco. Me has salvado la vida. Adiós.

Se abrazaron. Nadine sintió la desesperación muda con que se le adhería el cuerpo de su hermana. Y cuando finalmente se desprendió de ella, notó el frío de la huella donde había estado la barriga caliente de Alexandra.

Alexandra se abrochó la cazadora en silencio y salió hacia la puerta principal. En un segundo la casa volvió al vacío de la noche.

*

Alexandra abre los ojos. Al ver a Nadine sonríe levemente. Luego hace un pequeño gesto de dolor.

—¿Qué te pasa? ¿Te molesta la vía?

—No, la espalda. Ayúdame a cambiar de posición. Así, hacia arriba y de lado.

Nadine la rodea con los brazos y la sube hacia las almohadas, colocándola después de costado.

—Mucho mejor. Gracias.

Nadine se sienta en la silla cercana. Alexandra ha vuelto a cerrar los ojos.

—Quiero pedirte perdón. —Nadine siente escozor en los ojos.

—¿Perdón? Nani, ya hemos hablado de esto. Creo que las dos nos hemos dado perdones generales por todo el tiempo que hemos perdido.

—No, por otra cosa.

—¿Otra cosa?

—Por no haber ido aquella vez contigo a la clínica.

—¿Cuando Amadeo?

—Sí.

—Fue un momento muy crudo. Pero al final no fui a la clínica.

—¿No fuiste?

—No, se perdió solo. Terminé en el hospital porque casi me desangro.

—¡Y no me llamaste!

—¿Cómo te iba a llamar? ¿Tú sabes cómo estabas por aquel entonces? Totalmente anestesiada. Abducida por las fuerzas burguesas neocapitalistas. Eras imposible. —Alexandra fuerza una risita.

—Lo siento. No he sido la mejor hermana.

—Tampoco yo. Todo lo que te he criticado, todo lo que he vituperado a Augusto. Seguro que si no digo nada, no hubieras salido con él ni dos meses... —Alexandra empieza a bostezar y no termina la frase.

—Pero yo te he abandonado. —Nadine nota lágrimas calientes caerle por la cara.

—Sí —dice Alexandra lentamente entre bostezos—, pero ahora estás aquí. —Después, con los ojos cerrados, añade—: ¿Te acuerdas de que aquella vez llevaba el pelo supercorto? Me lo corté para vendérselo a una gente que hacía pelucas. Me dieron trescientos euros y los usé para pagar a los obreros que arreglaron la madera del escenario. Qué locuras he hecho por el teatro, ¿no?

Capítulo 12

Se baja del autobús dos paradas antes, con la intención de caminar hasta el parque y cruzarlo andando hasta la casa de Jimena. Necesita estar sola entre el verde y los árboles, procesar las imágenes y las palabras del día. En el hospital todo ocurre deprisa, los acontecimientos se suceden de manera vertiginosa, el tiempo transcurre dentro de una cápsula que viaja con independencia del resto de la vida. Uno sale de allí sin aliento, con una extraña sensación de haber sido sometido a circunstancias en las cuales no tiene libertad de hacer ni decidir nada. Un primate encerrado en una camisa de fuerza.

—¡Nadine! —Alguien pronuncia su nombre y ella levanta los ojos. La figura de un hombre camina hacia ella. Lo mira confusa sin reconocerlo.

—Nadine, yo te conozco. Eres la amiga de Jimena —dice el hombre, y Nadine identifica el acento italiano, los ojos castaños bajo el mechón de pelo. Algo se eriza en ella. Es la última persona con la que quiere encontrarse.

—¿Adónde vas? ¿A caminar por el parque? Te acompaño. —Gino ya se ha puesto a su lado.

—Gino, ¿no? —dice Nadine entre dientes, como si no se acordara bien de su nombre, aunque en realidad lo recuerda perfectamente—. Mira, tengo prisa, realmente no puedo detenerme.

—No, no es cuestión de detenerse. Yo camino contigo adonde vayas —insiste Gino.

—Realmente prefiero estar sola ahora mismo.

—Bueno, te acompaño un rato y después me voy.

Es evidente que no va a ser fácil deshacerse de él.

Nadine suspira, cansada. No tiene fuerzas para ponerse a discutir. Está agotada. Recuerda que Jimena le había dicho que Gino había perdido el trabajo, que su mujer lo había denunciado por malos tratos psicológicos, y sus jefes se habían enterado de las sesiones eróticas de la trastienda.

—Quién le viera y quién le ve. Parece que hasta la ropa del *outlet* le cae peor. Por ahí anda, todas sus antiguas «amigas» le han hecho el vacío. Realmente, querida, lo menos sexi del mundo es un tipo desempleado y deprimido.

Jimena también podía ser mordaz.

En efecto, algo ha cambiado radicalmente en Gino. Hay un abatimiento en su manera de caminar, con la camisa desabrochada mostrando el pecho y las manos metidas en los bolsillos de los pantalones. Parece más delgado. En su rostro ya no impera esa sonrisa de gran seductor, sino una mirada más bien tímida, en algunos momentos hasta implorante.

—Estaba a punto de parar un taxi. —Nadine se acerca al borde de la acera y otea la avenida. Pero es domingo al final de la tarde. Las calles están desiertas, casi no hay tráfico.

—Quería también decirte que siento mucho lo que ocurrió el día que nos conocimos en la tienda.

Nadine abandona la esperanza de encontrar un taxi y camina de nuevo hacia el parque.

—Qué le vamos a hacer, así es la vida —responde, apretando el paso.

Gino camina en silencio a su lado. Nadine siente una creciente irritación hacia él. Ahora no quiere pensar en Gino, quiere estar a solas con la imagen de Alexandra en la cama del hospital y las últimas palabras que le ha susurrado al término de la visita:

—Nadine, escribe tus poemas, al final es lo único que queda, te lo aseguro.

Quiere estar sola, tirarse en el sofá, llorar, rebuscar dentro de sí todo lo que siente por su hermana, el amor, la unión, la complicidad. Quiere pensar en todas las cosas que no le ha dicho nunca, recordar los momentos jocosos que han pasado juntas. Quiere retorcerse las manos, apretar las cuencas de los ojos contra las rodillas, romper algún objeto que encuentre sobre la mesa. Pero ahora este tipo viene a interrumpir todo. ¡Qué mala suerte habérselo encontrado!

—Me dice Jimena que te has separado de tu mujer.

—¿Me he separado? ¡No! Ella me ha dejado. —Gino levanta la voz en ademán dramático, pero enseguida la baja, añadiendo—: Sí, me ha dejado. Y con razón. ¿Quién puede vivir con *uno stronzo* como *io*? Pero se llevó al niño. No me deja verlo. Eso sí duele —termina diciendo con auténtico sentimiento.

Nadine afloja el paso.

—Bueno, hay cosas peores.

—¿Como qué? ¿Qué puede ser peor que perder a tu hijo? —Gino vuelve al melodrama.

—Mi hermana está muriendo de cáncer en el hospital.

171

Gino se para en seco.

—Lo siento mucho, Nadine. De verdad.

Llegan al parque y se adentran por los caminos rodeados de cipreses donde las sombras se alargan rápidamente con el atardecer. Sobre ellos, en el cielo, se arremolinan grandes nubarrones, y a su alrededor empieza a levantarse un viento que barre las primeras hojas secas del precoz otoño.

Caminan en silencio. Nadine saborea el empate de sus confesiones. Perder a alguien querido. Vivir día a día en la ausencia de alguien cercano, de alguien importante. Alguien esencial para sentirse íntegramente uno mismo, para sentirse entero. ¿Cómo se ha permitido pasar tanto tiempo separada de su hermana? ¿Por qué ha perdido tantos años en peleas y enfados estúpidos? Su única hermana. Su «otra cara de la moneda», como le ha dicho tantas veces Augusto con la intención de vejarla. Ahora, «su otra cara de la moneda», su alma extrañamente gemela está en el proceso de borrarse lentamente, de deshacerse entre ráfagas de aire, como una escultura de arena lamida por el viento. Incluso en este momento, mientras ella camina por el parque, el tiempo se le escurre a su hermana entre los dedos, como una hemorragia muda, invisible, inexorable.

Haces de luz opaca pugnan por filtrarse a través de inmensas capas estriadas de plomo y ocre que se disputan la bóveda del cielo. El parque se envuelve en una luminosidad sobrenatural. Nadine mira a su alrededor con extrañeza. Incluso la cara de Gino ha cambiado de color. Su tez es ahora casi verdosa y los ojos han adquirido un tinte amarillento oscuro que le hace pensar en la mirada de un depredador entre las sombras de la sabana. Se estremece.

De pronto la atmósfera se vuelve densa y una especie de temblor invade el espacio. Las hojas, las ramas de los árboles, las superficies afeitadas de los cipreses, los pétalos de las flores, todo tirita presintiendo la llegada inminente de la tormenta. Nadine se abotona la rebeca liviana que lleva sobre el vestido. Un golpe de viento azota el camino bajo sus pies lanzándole arena contra las pantorrillas desnudas, como una lluvia de perdigones. Enseguida empiezan a caer gotas gordas a su alrededor. Un latigazo de luz estridente desgarra el cielo, seguido por un rugido feroz. Empieza a llover con fuerza.

—Corre. —Gino la toma del brazo, y se apresuran a refugiarse bajo un tejo gigante cuyas ramas llegan hasta el suelo.

A su alrededor la lluvia cae como balazos. El viento gime arrastrándose por las veredas, zarandeando árboles y matorrales. Llega hasta el tejo y lo agita violentamente desde la copa. Los golpes de lluvia se empiezan a colar entre las agujas finas de las ramas verdes. Nadine y Gino se mantienen de pie junto al enorme tronco, dos pequeños seres indefensos bajo la protección de un coloso vegetal. Absortos, miran la tromba de agua caer, devastadora, aplastando flores y arbustos, deformando los caminos de tierra, arrastrando la maleza arrancada por el vendaval.

Nadine siente el olor del ozono entrarle por las fosas nasales como un perfume profundo que la emborracha, un chorro de aliento cargado de información apasionante pero indescifrable. Información sobre la profundidad de la tierra, sobre los secretos de la vida de las plantas, el corazón de las piedras y los metales. Nota como la sensación de pesadez de sus músculos se evapora, y enseguida se siente ligera, casi flotando. Por un momento olvida todo, a Alexandra, el hospital, la mirada huidiza del joven médico residente, la soledad polvorienta de las calles de la ciudad. En este momento solo existe la cortina de lluvia con su tamboreo ensordecedor y el parque rendido ante la tormenta. Y ella y Gino en una burbuja bajo las ramas del tejo.

Siente un escalofrío y empieza a temblar. El agua ha calado su vestido fino, que se le pega al cuerpo revelando hasta el último poro erizado de la piel. Nota que sus pezones endurecidos se transparentan, y estrecha los brazos sobre el pecho.

—¡Tienes frío! Perdona, no me he dado cuenta —dice Gino. Se quita la americana y se la pone alrededor de los hombros. A Nadine le castañean los dientes—. No te preocupes, esto pasa enseguida —asegura Gino—. Es la última tormenta del verano. —Después la envuelve en sus brazos y la aprieta contra su cuerpo.

Estrujada contra él, Nadine escucha el corazón de Gino palpitarle dentro del pecho. Es un latido vigoroso, uniforme. Le hace sentirse arrullada, segura. Al margen de la tormenta, como refugiada en una cueva, cerca del latido profundo de la tierra. Levanta los ojos. Los cabellos oscuros de Gino caen empapados sobre sus sienes y mejillas. Su mirada está perdida, deslumbrada por la sinfonía susurrante de la tempestad. Una chispa se enciende en el centro de Nadine y siente unas ganas irresistibles de besarlo. Le alcanza la cara con las manos y le atrae hacia sí, mirándolo de cerca, mientras aprieta los labios contra su boca. Gino se deja besar. El aguacero redobla su tamborileo, escurre agua de la cabeza a los ojos, pasando por las mejillas, hasta que llega a sus bocas, donde las lenguas juegan y se acarician entre el sabor de la lluvia mezclada con saliva. Y Nadine piensa que jamás ha besado a nadie tan dulcemente.

Poco a poco, el chaparrón amaina y el parque se inunda de un silencio espectral, mientras la naturaleza recobra el aliento y se sobrepone a la mezcla de placer y agonía que el diluvio le ha provocado. Nadine y Gino se separan conteniendo la respiración.

—Vámonos rápido. Lo peor de la tormenta viene ahora. *Il gran finale*. Ahora sí nos empapamos de verdad —dice Gino. El agua todavía le chorrea por la cara y el cuello. Tiene la camisa tan mojada que se ve prácticamente transparente.

Parece imposible que pueda llover más. Pero comienza de nuevo con una fuerza explosiva. Tomados de la mano corren sobre la tierra empapada hacia la salida del parque.

Cuando llegan al portal de la casa están totalmente calados. El ascensor no funciona. Por la escalera de mármol viejo van dejando un reguero de agua. Nadine va delante buscando las llaves con manos resbaladizas en el interior de su bolso.

Una vez dentro, cierran la puerta del piso y se sumergen en el pasillo lleno de sombras. La oscuridad los inmoviliza por unos segundos mientras sus cuerpos gotean formando charcos sobre el parqué. De pie, en silencio, escuchan el martilleo de sus corazones en los oídos con la respiración entrecortada. Nadine sale de su ensimismamiento y abre la puerta del armario del pasillo. Saca unas toallas y le ofrece una a Gino.

—Puedes secarte con esto.

—No creo que sirva de mucho. Lo mejor es quitarse la ropa.

Parece una buena idea. Se desnudan hasta quedarse en ropa interior. Gino toma una toalla y empieza a frotar a Nadine.

—Ahora esto sí va a surtir efecto —dice, restregándole la cabeza y la espalda. El contacto con la textura rugosa de la toalla distiende los músculos agarrotados de Nadine. Empieza a reír mientras Gino le da la vuelta y en cuclillas le seca las nalgas y las piernas—. ¿Por qué te ríes? Apenas sobrevivimos a la *tempesta* en el parque. Parecemos dos náufragos... —bromea Gino mientras frota vigorosamente.

Nadine lo mira sacudida por la risa y piensa «¿Por qué me hace tanta gracia este tipo? No sé si es ese acento suyo italiano macarrónico o su manera de teatralizar todo. Es el payaso perfecto», y quitándole la toalla de las manos lo envuelve con sus brazos y hunde sus risotadas en la carne firme y vibrante del pecho de Gino.

—No veo de qué hay que reírse. *Io* todavía estoy *inzuppato*. Náufrago *totalmente bagnato* —dice Gino en un susurro.

Su aliento huele a la tierra mojada del parque. Nadine lo aspira con fuerza mientras siente cómo su carne se abre y se rinde ante el cuerpo duro de Gino. Despacio y sin mirarse, se despojan de los restos de ropa hasta quedar totalmente desnudos en la oscuridad del pasillo. El lirismo del parque se ha transmutado en deseo feroz. Se sientan sobre el suelo entre besos voraces, a la vez que sus cuerpos palpitantes se enroscan como serpientes.

—Vamos a mi cama.

Se diría que reptan por el pasillo, brazos y piernas enlazadas, bocas soldadas, riendo y jadeando como fieras. Llegan hasta la cama y Nadine lo aparta un momento para mirarlo. Las pupilas de Gino tienen el aspecto amarillento que le ha visto en el parque antes de romper la tormenta. Su tez está cubierta de un intenso rubor. La sencillez de su cuerpo fuerte y delgado recostado sobre el suelo, su sexo duro entre los muslos de piel oliva le hacen estremecer. Piensa que es uno de los animales más bellos que jamás ha visto.

«¿Será posible que solo lo vea como un semental?». El pensamiento se diluye en la sensación que las manos de Gino producen sobre su cuerpo, el recorrido eléctrico de sus besos sobre la garganta, las clavículas, los senos.

Nadine arrastra al suelo ropas y almohadones de la cama, y se tumban el uno sobre el otro. Juegan un rato. Nadine se sienta a horcajadas sobre Gino y busca con su sexo el de él. Gino se escurre y la aprieta entre sus brazos, besándola y acariciándola. Nadine le toma la cara entre las manos.

—No quiero jugar más. Quiero que me hagas el amor.

Gino la contempla un momento, y luego aparta la mirada. Algo se afloja en su cuerpo. Con suavidad, se desliga de ella y dice:

—No puedo ahora mismo.

—¿No puedes? —pregunta Nadine con incredulidad. Y después añade conteniendo el aliento—: ¿Tienes problemas?

—No tengo problemas físicos. No *sono impotente,* si eso es lo que quieres decir. Pero no puedo hacer esto contigo tan rápido.

—¿Tan rápido? —Los ojos de Nadine se abren como platos—. ¿Por qué tan rápido? ¿Y todo el sexo con mujeres en el cuarto de atrás de tu tienda, no era superrápido?

—Eso ya se acabó.

—Bueno, se acabó la tienda. Pero no los servicios. —Y con una risa forzada se lanza otra vez sobre su cuerpo.

Pero Gino vuelve a apartarla.

—Nadine, yo no quiero hacer esto así contigo. Quiero que me des un poco más de tiempo.

—¿Tiempo? Tiempo, ¿para qué?

Nadine lo mira a los ojos y ve que su súplica sale de un lugar insondable que ella no tiene ningún interés en explorar. Una sensación de abatimiento profundo se apodera de ella y suspirando, alarga el brazo para alcanzar la bata que cuelga del respaldo de una silla cercana. Se levanta despacio y se la pone.

—Déjame explicarte por qué no puedo seguir haciendo lo que hacía antes —dice Gino—. Me estaba destruyendo, como una *bestia* teniendo sexo con cualquiera sin sentir nada.

—Entonces, ¿por qué vienes a mi casa, me pegas un calentón y me dejas colgada? ¿Por qué no te confiesas de antemano? —Nadine siente cómo le invade la rabia.

—Pensé que tú comprenderías.

—¿Yo? ¿Y por qué yo?

—Porque me pareces diferente.

—¡Diferente! —Una furia gélida se apodera de Nadine. Se da la vuelta y sisea—. Lárgate. Quiero estar sola. —Y da unos pasos hacia la puerta. Gino salta de la cama y la ataja.

—Por favor, no te enfades. Deja que me quede un rato más.

—¡No me toques! ¡Te quiero fuera en menos de un minuto! Y no quiero verte más. Está claro que lo nuestro no funciona.

—Pero le podemos dar otra oportunidad.

—Ya le hemos dado dos. Ahora vete. —Pero Gino le toma la mano y se arrodilla a sus pies. No lo hace con su aire teatral habitual, sino con una sencillez desarmante.

Nadine, exasperada, cierra los ojos e imagina la escena desde arriba. No sabe si llorar o reír. Su pompa de jabón acaba de reventar. Ahora vuelven raudos a su mente todos aquellos pensamientos e imágenes que han estado en suspenso desde que estalló la tormenta en el parque. Escenas de su hermana llena de tubos en el hospital, los ojos hostiles de Cristian sentado al lado de la cama, la discusión con Augusto sobre los procedimientos del divorcio. Todo vuelve en tropel a ocupar su cabeza.

Siente un ligero desmayo y recuerda que apenas ha comido desde ayer. Camina de nuevo hacia la cama y se sienta.

—No estoy enfadada. Pero, por favor, vete ahora —dice más tranquila—. Otro día hablamos de esto. Ahora no me siento bien y tengo que tumbarme.

Se siente mareada. Se echa en la cama y cierra los ojos. Con una sensación de náusea creciente escucha la voz de Jimena susurrándole al oído: «Ay, querida, esos hombres italianos son como moscas. Cuanto más te los quieres quitar de encima, más pegajosos se ponen».

—Gino, déjame sola —le vuelve a pedir—, estoy agotada y tengo frío. Necesito dormir.

Gino la mira con melancolía. Su cuerpo desnudo ahora parece delgado y pálido. Sale al pasillo y vuelve con su ropa empapada. Detrás de los párpados cerrados lo oye vistiéndose. Después de un momento, Gino dice:

—¿Seguro que estás bien? ¿Qué te pasa? No me voy hasta no tener *la sicurezza* de que estás bien. Despues te prometo que me marcharé enseguida.

Nadine ha empezado a temblar como una hoja. Gino la cubre con sábanas, pero la tiritona no cesa. Gino mira por el cuarto, abre el armario buscando una manta, pero no encuentra nada.

—¿Dónde tienes una *coperta*? ¿Cómo se dice? ¿Manta? Mejor, una *coperta elettrica*.

—No sé, quizá en los altillos del armario. No es mi casa.

Los escalofríos que tiene Nadine son cada vez más intensos. Yace con los ojos cerrados aguantando las sacudidas, apretando los dientes. Gino corre al cuarto de baño y vuelve con un secador de pelo. Lo enchufa en la toma de corriente cercana a la cama e introduce la boca del aparato dentro de las sabanas. Nadine nota cómo el aire caliente del pequeño electrodoméstico empieza a caldearle el cuerpo, lo relaja y distiende sobre el colchón. Las manos de Gino se posan sobre su cabeza todavía humeda. Pasan unos minutos.

—¿Estás mejor?

—Sí, ya no tengo tanto frío.

—Entonces déjame quitar este ventilador.

—¿Ventilador? —Nadine encuentra fuerzas para soltar una pequeña carcajada—. Si es solo un secador de pelo.

—¿*Asciugatore*? No importa cómo se llame. Es un método muy eficaz. Puede salvar una vida. —Gino frunce el ceño mientras desenchufa el secador. Nadine vuelve a reír ante lo que le parece una broma exagerada, pero Gino añade—. Le salvó la vida a la *mía mamma* despues del nacimiento de mi hermana.

—¿En serio?

—Desde luego. Ella había tenido una hemorragia enorme despues de sacar la *bambina* y cuando *alla fine* la sangre paró, empezó a temblar con un frío terrible y yo mismo vi cómo la cara se le puso azul, y la comadrona gritaba: «Va a tener convulsiones».

—¿Pero estaba en el hospital?

—No, no había podido llegar al hospital —dice, y después de una pausa, añade—: Habitábamos un pueblo muy pequeño en la montaña. Muy pobre. Había caído una tormenta de nieve. El automóvil que tenía que llevarla no llegó a tiempo. Un desastre, casi muere.

—¿Y la salvó el secador de pelo? —Nadine no quiere reír, aunque la historia le hace gracia. Gino, sentado a su lado sobre la cama, mira muy serio a la pared de enfrente.

—En aquella época no había muchos secadores de pelo en el pueblo. Todas las mujeres jóvenes se habían ido a las ciudades. Solo quedaban viejos. Mi tía tenía uno y el chico que nos cuidaba las vacas fue corriendo a buscarlo. Te digo, le salvó la vida.

—¿Y tu padre?

—¿*Il mío padre*? No estaba. Vivía en el pueblo de abajo. Estaban separados. —Gino cavila un momento y suspira—. Mi padre era una bestia. Una verdadera bestia. Hasta sus amigos lo llamaban la Bestia de Calabria. Tenía una carnicería y en la parte de atrás, cuando cerraba la tienda, se veía con mujeres del pueblo. Mi madre no lo pudo soportar y lo dejó.

Gino termina de abotonarse la camisa mojada. Sus ojos, ahora lejanos y sombríos, se posan sobre ella. Algo se abre en el corazón de Nadine. Pero no puede evitar decir:

—Y así aprendiste tú el oficio.

Un latigazo de dolor contrae las pupilas de Gino. Se levanta y se pone lentamente la americana empapada.

—Sí, así fue. Bueno, me voy. Que duermas bien. Adiós.

Y sin más, sale por la puerta.

Capítulo 13

—Qué extraño que sepamos tan poco de la vida de mamá.

Hoy Alexandra está sentada en el sillón cerca de la cama y acaba de comer un poco de puré.

Nadine no responde. Está absorta mirando la piel de su hermana que es cada día más transparente. Bajo la superficie se transluce la maraña de pequeñas venas azules que se bifurcan incesantemente como las ramas de un árbol, cada vez más delgadas, hasta un infinito invisible.

—¿No te parece extraño por ejemplo —insiste Alexandra—, que no sepamos casi nada de su niñez, de su familia?

—Bueno, sabemos que era huérfana y que creció con unos tíos. También sabemos que se peleó con ellos y que rompieron lazos.

—Sí, pero ¿por qué? ¿Por casarse con un español? Tampoco es para tanto.

—Papá era franquista. Quizá fuera eso.

—¿Cómo vas a romper con alguien a quien has criado por razones políticas?

—No sé, algo más debió de pasar.

—Nani, me parece horrible que nunca hayamos ido a Inglaterra a buscar a su familia.

—También es horrible que ellos no hayan venido a vernos.

—¿Pero no te parece todo muy raro? Y papá nunca nos contó nada. Si le preguntabas se enfadaba.

Alexandra empuja la bandeja a un lado, y hace ademán de levantarse. Nadine va hacia ella y sujetándola por la cintura la lleva hasta la cama. Allí la tumba con cuidado. Alexandra apoya la cabeza sobre la almohada y cierra los ojos.

—Pobre papá. A pesar de todo, le echo muchísimo de menos.

—Sí, era un hombre con mala suerte.

—Se dejaba robar. Por un lado era feroz pero por otro parecía estar indefenso. ¿Te acuerdas de cómo Mercedes le hizo poner todo a su nombre justo antes del accidente?

—¿Cómo me voy a olvidar?

Alexandra se queda en silencio un momento. Luego dice:

—¿Tú crees que la pegaba?

Nadine da un respingo.

—A quién, ¿a Mercedes?

—No, a mamá.

—Bueno, pegarle palizas no. Pero algún tortazo... Se peleaban mucho.

—Algun tortazo... —repite Alexandra—. No me extraña que luego ella estuviera siempre tan triste. Y qué horrible pensar que tu propio padre le pueda hacer daño a tu madre. —Después de un rato, Alexandra le pregunta—: ¿No tienes en casa fotos que me puedas traer?

—Todo lo mío está en cajas. Pero buscaré.

Nadine sabe que será prácticamente imposible encontrar fotos entre sus cosas. Pero Alexandra se ha quedado contenta con la promesa, aunque, enseguida, añade:

—Si además pudiera volver a escuchar la música de mamá.

—¡La música de mamá!

—Sí. Si encontráramos alguna de sus composiciones, y alguien la tocara o al menos la tarareara.

—Pero Alexandra, si mamá solo tocaba el piano, no componía.

—Nani, te has olvidado de todo. Mamá era sobre todo compositora. Escribió muchísima música.

Nadine la mira con extrañeza, y piensa que está delirando. Pero no quiere contradecirla. Alexandra está exhausta y no puede hablar más. Cierra los ojos y se duerme.

Nadine se tumba en el sofá verde oliva con los brazos detrás de la cabeza. La imagen de ella y su hermana metidas en la cama con su madre leyendo un libro de cuentos irrumpe en su mente. Cada una a un lado del cuerpo esbelto y cálido, mirando cómo las largas y finas manos volvían las páginas o apuntaban a las preciosas láminas que ilustraban las historias. Dibujos de niñas victorianas con capitas rojas perdidas en el bosque, de enanos descubriendo cofres de tesoros bajo las raíces de un árbol, de un hombre joven con barba rubia montado sobre un caballo blanco. Siempre que su padre se iba de viaje de negocios, Alexandra y ella dormían en la cama grande de matrimonio con Ethel, y por la mañana al levantarse, tomaban el desayuno juntas, bebían té y comían las tostadas con mermelada a mordisquitos sobre platos pequeños con flores pintadas en los bordes. Después Ethel les leía cuentos de hadas. Nadine recuerda la manera en que su madre pronunciaba su nombre en inglés, «Neidiin», y cómo alargaba la tercera sílaba del nombre de Alexandra, «Alexaaaandra». A veces también les contaba historias de su vida, aunque a Nadine siempre le parecía que las embellecía, que las tenía de tonos sentimentales afines a los libros que leían. Así les había contado como conoció a su padre una tarde en Londres, en la casa de unos amigos cuyo abuelo hacía negocios con la empresa española de Germán. Ella tocaba el piano para la concurrencia y de soslayo observaba a un hombre moreno, guapo, de mirada intensa, que la contemplaba sentado entre la audiencia. Después fueron presentados, y Germán le había besado galantemente la mano, y le había dicho que nunca había escuchado a una mujer tocar tan maravillosamente el piano, y que en su país tendría un éxito enorme dando conciertos. Se escribieron cartas durante un año, cartas entre Madrid y Londres, cartas en inglés, a veces difíciles de leer para Ethel por la pobreza anglo-lingüística de Germán, aunque sus equivocaciones siempre le parecían tiernas y graciosas. Y un día, él la llamó por teléfono y le dijo: «Me acaban de promocionar en la empresa. Cásate conmigo». Ella aceptó. Y así fue, casi como en un cuento de hadas.

*

Entran dos enfermeras en la habitación. Parecen niñas de quince o dieciséis años con caras muy serias y que no dejan de gesticular por el ajetreo en el cumplimiento de sus tareas. Discuten otra vez la posibilidad de buscar nuevas venas en las piernas, porque los brazos de Alexandra están completamente morados por la cantidad de pinchazos que ha recibido para meterle vías.

Cuando se van las enfermeras, Nadine vuelve a tumbarse en el sofá. Son las seis de la tarde y le parece que lleva en la habitación varios días sin comer y sin dormir. Está agotada. Pero solo puede pensar en lo poco que pesaba el cuerpo de su hermana

mientras la conducía a la cama. Y en sus brazos llenos de pinchazos y moratones.

Le es imposible borrar ese color morado del campo de visión.
Incluso con los ojos cerrados, la mancha morada de la piel de su
hermana se vierte como una tinta coloreando todo lo que toca,
se escurre desde los ojos hacia la garganta hasta que le llega al
corazón. Allí tizna las válvulas y las arterias, todas las cámaras y
cuerdas del corazón se pigmentan con el morado oscuro devol-
viéndole el recuerdo de un antiguo dolor.

Nadine se estremece. El morado siempre le ha parecido un
color tenebroso. Le recuerda a los hábitos de las procesiones de
Semana Santa a las que habían acudido tantas veces de pequeñas
con la tía Rosaura. También le recuerda a aquellas flores duras y
peludas de color violeta oscuro que compraban en las tiendas a
la puerta del cementerio cuando visitaban la tumba de su madre
el Día de Todos los Santos. Aquellas flores que la tía Rosaura
escogía siempre, argumentando que duraban mucho más. En
realidad no parecían flores, sino extrañas primas de la coliflor,
estiradas y forradas de arriba a abajo con un pelaje corto de color escarlata profundo o morado. No tenían flor en sí, sino unos
pliegues a modo de pétalos endurecidos sin fragancia. Pero sí,
eran duras, y no daba tanta lástima dejarlas sobre las piedras frías
de las tumbas como otras flores más delicadas.

El recuerdo de las flores moradas del cementerio le produce
escalofríos. Se incorpora levemente para echarse una americana
por encima, y se vuelve a acurrucar en el sofá. Hay algo más de
color morado que pugna por salir a la superficie de su recuerdo.
Una raya vertical de luz amarillenta con un punto morado en
medio. Es una imagen vista a través del resquicio de una puerta

entreabierta por la que entran y salen silenciosamente los adultos de la casa. La tía Rosaura, Genoveva, el doctor Martín y hasta Rogelio, el chófer. Todos parecen tan ocupados con algo, que ni siquiera se dan cuenta de su presencia. Levantada a altas horas de la noche, en camisón, sin zapatillas, cualquier otro día le hubiera costado una buena reprimenda. Pero hoy no es un día cualquiera. El sonido de las pisadas comedidas y los ocasionales susurros son signos extraños en la casa. Esforzándose desde la penumbra donde se encuentra, y en un momento en que la puerta se mantiene abierta unos segundos de más, las ve. Las manos moradas de mamá sobre la colcha blanquísima de la cama. Una posada suavemente sobre el reborde bordado de la sábana, y otra caída a un lado como el remo de una barca abandonada a la deriva. Y tan nítida es en este momento la visión de las manos azuladas de mamá, que puede hasta distinguir el color violeta más claro de las uñas ovaladas incrustadas en los largos y finos dedos que tantas veces ha mirado de cerca. Fascinada, no puede apartar la vista de las manos de su madre. ¿Será que su piel se ha vuelto azul durante la noche y los habitantes de la casa vienen a verla dormida de este color?

La voz áspera de la tía Rosaura la saca de su ensimismamiento, y la garra de su mano fría sujetándole el brazo le hace salir del ensueño.

—¡Madre del Amor Hermoso! ¿Qué hace esta niña aquí? Vamos, ¡a la cama ahora mismo! —Y, en vez de regañarla, la tía Rosaura la lleva en volandas por el pasillo hasta la habitación. Una vez en el cuarto, le hace meterse en la cama al lado de Alexandra y le dice—: Duérmete inmediatamente, que es tardísimo.

—¿Qué le ha pasado a mamá?

—No le ha pasado nada. Duérmete ahora mismo o se lo digo a tu padre cuando vuelva de viaje.

De golpe, la tía Rosaura ha recobrado la compostura autoritaria y recia que la caracteriza con las niñas.

—Tía, por favor, no apagues la lucecita que tengo miedo.

La tía Rosaura titubea, y por un momento se queda de pie mirándola sin verla, como perdida. Nadine ve cómo le tiembla el labio inferior.

—Duérmete, bonita, que es muy tarde.

Fue entonces cuando supo que algo terrible había pasado. Un grito mudo devoraba la casa. Nadine se tumbó en silencio, y la tía Rosaura salió de la habitación y echó el cerrojo de la puerta desde fuera. Una vez a solas, Nadine se dio la vuelta hacia su hermana. Alexandra dormía profundamente. En la penumbra veía su cara pálida de ojos hundidos, robados por el sueño, y los cabellos largos, rojos, esparcidos por la almohada como un halo de fuego alrededor de su cabeza.

—Alexandra, despierta. Algo le ha pasado a mamá.

Pero su hermana no se movió y cuando la zarandeó de nuevo, gimió y se volvió a hundir en la almohada. Nadine se acurrucó contra el cuerpo pequeño de Alexandra en busca de calor.

*

Nadine abre los ojos. Es la primera vez que recuerda esta escena con este grado de detalle desde que la vivió hace treinta y cinco años. Nadine tenía solo siete años cuando murió Ethel, y Alexandra, cinco. El mundo de las dos se derrumbó estrepitosamente después de la muerte de su madre. Es quizá por eso por lo que esta escena ha permanecido tan profundamente sepultada en el recuerdo. En realidad se trata de una variante de estrés postraumático, en la que el paciente, o ella en este caso, ha tenido que enterrar la memoria de un episodio que en su momento resultó demasiado doloroso e impactante. Pero antes o después, las imágenes encarceladas rompen rejas y candados, y se escapan para estallar sobre la superficie y reaparecer en *flashes,* en viñetas crueles que obligan a rememorar la conmoción. Y ahora, Nadine, muchos años mas tarde, tumbada junto a su hermana en un cuarto de hospital, revive otra vez esa escena, la escena más lacerante de su vida entera, y siente cómo ese dolor antiguo se descongela y la invade, nuevamente vivo, intenso, atroz. Se vuelve de lado, inquieta, buscando algún lugar donde apoyar la mejilla en la almohada dura de hospital, y cierra de nuevo los ojos.

Resulta terrible haber punzado este absceso endurecido como un tumor dentro la memoria, haber derramado imágenes que estuvieron ausentes todos estos años del recuerdo oficial de la muerte de Ethel. Pero ¿cuál era el recuerdo oficial? Eran viñetas de texturas sobrias y remotas, como escenas de películas españolas de los años sesenta. Escenas de dos niñas pequeñas que se levantan al día siguiente, y la mayor se viste lo mejor que puede y luego viste a la pequeña con la ropa de domingo, anticipando una situación solemne. Escenas donde la tía Rosaura, con vestido oscuro y grandes ojeras, dice con voz de robot:

—Niñas, vuestra madre está en el cielo con los ángeles.

Imágenes de la figura desvencijada de su padre, lívido, sentado en el sillón orejero del salón. Fotogramas desconectados de la casa llena de gente vestida de negro y muchas manos grandes pasando a cámara rápida por sus cabezas.

—Pobrecitas, pobrecitas.

Cuando había preguntado por la causa de la muerte de su madre, se le había dicho:

—Estaba muy enferma. Tenía cáncer terminal.

Pero Nadine recuerda tambien haber preguntado por qué no la habían llevado al hospital, por qué la tenían en casa si estaba tan mal. Y los adultos habían rehuido sus ojos, y le habían dicho:

—Las niñas pequeñas no se preocupan por esas cosas. Solo por rezar para que su madre esté en el cielo.

Alexandra no hizo ninguna pregunta, sino que entró desde ese momento en un estado de rebelión crónica contra el mundo. Nadine recuerda la rabieta épica que agarró cuando les dijeron que no podían ir al entierro, que tenían que quedarse con Genoveva, la niñera, en casa, vestidas de negro y sin ver la tele.

Pero ahora volviendo a esos brazos morados terminados en manos azules vistos a través de la puerta entreabierta, a esa imagen congelada sobre el telón de los parpados cerrados, le sobreviene a Nadine el recuerdo de otra sensación. La sensación de ser forzada a cumplir una promesa.

Nada más acurrucarse junto al cuerpo inerte de su hermana después de que la tía Rosaura hubiera cerrado la puerta con cerrojo, ocurrió algo extraño. Fue como si la voz de su madre, de Ethel, entrara en su cabeza y le hablara, le hablara muy rápidamente, con su acento inglés y sus faltas gramaticales aún más exageradas que de costumbre por su agitación, y le contara muchas cosas, ininteligibles en ese momento para Nadine. Como si le repitiera frases en un idioma adulto que ella como niña no comprendía, frases que debía memorizar aunque no tuvieran ningún sentido para ella. Frases que parecían guardar información esencial, códigos secretos que revelarían algo primordial en un momento futuro. Nadine aguantaba conteniendo la respiración y apretando las manos. Sabía muy bien que era imposible contradecir a su madre cuando se excitaba de esta manera. Sentía un nudo en el estómago que le producía náuseas, y quería hundir la cabeza en el colchón y cerrar los sentidos. Pero Ethel no se lo permitía. En la inflexión de su voz había una fuerza que la zarandeaba para mantenerla despierta, como si la obligara a mirarla al fondo de los ojos sin parpadear y a asentir con ella. Y todo el tiempo tenía la sensación de que debía extender una promesa cuyo contenido no entendía. Una promesa que sería sin duda extremadamente costosa de mantener, tan costosa que ya la sentía como un manto pesadísimo que tendría que arrastrar consigo para siempre.

Solo el sonido de la llave de la puerta, los pies sigilosos de Genoveva caminando hacia ella y sus manos lisas acariciándole el rostro consiguieron que la voz de Ethel se empezara a alejar.

—Mi niña, ¿estás bien?

—Geno, por favor, quédate a dormir conmigo que tengo pesadillas.

El cuerpo delgado y flexible de Genoveva se tendía junto al suyo en la cama, y con los dedos le alisaba los cabellos, mientras tarareaba bajito una canción de cuna.

Sin embargo, de algún modo la promesa ya estaba sellada y, aunque se durmió arrullada por la canción de Genoveva, esa noche Nadine dejó de ser niña para siempre. Entró en esa categoría de pequeños tristes que han sido iniciados en el mundo antes de tiempo y tienen que pasar muchos años aguantando las crueldades y la estupidez de los adultos.

Así, con mirada cansada, Nadine observó cada uno de los cambios catastróficos que afectaron sus vidas después de la muerte de Ethel. Cómo la tía Rosaura, que había venido a quedarse con ellos temporalmente durante la enfermedad de Ethel, se quedó a vivir permanentemente en la casa para ayudar a su hermano. Y cómo asumió el poder, esforzándose en borrar todos los rastros de su cuñada, a quien odiaba, pensando que le había arruinado la vida a su hermano; mientras que Germán, que sí había querido a su mujer a su manera, se desleía en tristeza y se refugiaba en su trabajo viajando constantemente y, cada día más alejado de todo, se desentendía de ellas. Fueron retirándose los muebles *déco* y los tapices indios de la casa y se sustituyeron por indumentaria castellana sobria de colores pardos. El piano y la librería tallada que albergaba la colección de música de Ethel fueron las primeras cosas en desaparecer. También se extinguieron las luces de colores provenientes de la lámpara Tiffany del salón y las conchas de pared color salmón. Incluso las láminas de hadas y enanitos del cuarto de las niñas, los libros de cuentos infantiles ingleses, los *nursery rhymes;* las cajas de pinturas, la colección de disfraces, las clases de piano y de *ballet.* Poco a poco todos los vestigios de la era de Ethel fueron evaporándose para dar paso al mundo gris y rígido de la tía Rosaura. Se impusieron los crucifijos sobre las camas blancas, los uniformes de colegios de monjas, los castigos severos y silenciosos, la rutina estricta. Sobre la casa sobrevino un invierno que duró muchos años, y mientras Alexandra, con su carita siempre enfadada, sobrellevaba la situación estallando en rabietas y otros actos de sedición infantil, Nadine la vivía como una pesadilla que le había sido profetizada, una maldición mítica contra la cual nada se podía hacer.

Y luego estaba siempre la sensación de la promesa secreta. Una sensación que la mantenía en estado de inquietud permanente, primero por no saber en qué consistía exactamente, y después por la obligación de preservarla en la oscuridad.

En retrospectiva, piensa ahora Nadine, qué poco recuerda de su madre directamente, es decir, que no fuera a través de lo que otros le habían contado de ella. Pareciera que aquellas manos azules hubieran corrido un cerrojo en su mente dejando atrás muchos de los recuerdos que podría haber tenido de Ethel. Para empezar, ¿por qué la llamaba Ethel en vez de mamá? Incluso cuando pensaba en ella para sus adentros la llamaba Ethel. Nadie más la llamaba así, Alexandra siempre la llamaba mamá, y todos los demás «vuestra madre» o «la señora que en paz descanse», menos la tía Rosaura, que, cuando hablaba con sus amigas y creía que no la escuchaba nadie, la llamaba «la inglesa» o «la loca».

Quizá Ethel era un nombre que le permitía limitar su recuerdo a las fotografías en blanco y negro de una mujer delgada con pelo corto y grandes ojos grises sonriendo tras un ramo de lirios blancos junto a su padre el día de su boda. O sujetando a un bebé de mantilla con otra niña chiquita de la mano. O en una incluso más antigua, de adolescente, subida en un poni con uniforme inglés y casco de montar a caballo. Ethel era un nombre singular y extraño, proveniente de una cultura lejana. Ethel no tenía correlativos ni puntos de referencia en el mundo que habitaban. Ethel no sonaba a madre ni a huérfanas. Ethel era el nombre de una de esas niñas vestidas de encajes en tonos pastel que se paseaban por jardines llenos de hadas y duendes en los cuentos que la tía Rosaura había tirado o guardado en el trastero. Ethel solo existía en la fantasía.

Mamá, sin embargo, era otra cosa. Mamá era aquella mujer de carne y hueso a quien había oído sollozar muchas noches en el vestidor junto a su cuarto, que se encerraba durante días en su habitación sin comer y sin hablar con nadie, que tenía ataques de ira en los que peleaba a gritos con su padre, en los que echaba a la familia política de la casa. Mamá era aquella mujer a la que un día vio romper una silla a golpes sobre el piano.

De mamá solo recordaba este tipo de cosas. Si embargo, Alexandra guardaba imágenes muy diferentes en su memoria. Y muchas veces, cuando estaban juntas, le decía:

—¿Te acuerdas cuando después de desayunar con mamá recogíamos las cáscaras de los huevos pasados por agua y les pintábamos caritas y sombreros, y luego metíamos los dedos en el agujero y los convertíamos en personajes de teatro? ¿Y te acuerdas cuando íbamos con mamá a aquellas tienditas del casco viejo a comprar trozos de felpa de colores y nos hacíamos disfraces? ¿Tampoco cuando mamá cerraba con llave la puerta del salón y ponía el tocadiscos, y bailábamos hasta caer rendidas al suelo? No recuerdas que siempre nos decía: «Tú vas a ser escritora, y tú, una gran actriz».

Nadine había olvidado muchas de estas cosas. Realmente si pensaba en su infancia, enseguida surgían escenas con la tía Rosaura. Sus pies reventando dentro de zapatos de piel apretados, su enorme busto cubierto por vestidos de seda con dibujos de amebas nadando en un caldo oscuro. Recordaba su voz chillona, el bamboleo de su moño caminando rápidamente por el pasillo mientras daba órdenes a la criada. La recordaba sentada a la mesa camilla cosiendo alguna prenda mientras miraba programas concurso en la televisión de la sala. Y luego recordaba sus conversaciones de teléfono sentada a la mesita del pasillo.

—¿Qué te puedo contar de lo que estoy pasando? Algunos días me parecen un martirio. Dios me ha puesto aquí para ganarme el cielo. Mi hermano cada vez viaja más y yo aquí sola al frente de estas dos criaturas. La mayorcita pase, aunque me mira siempre con ojos de ternera crucificada. ¡Pero la pequeña! Esa parece hecha de la piel del diablo. Es idéntica a la loca de su madre. Histérica, rabiosa, imposible de educar. A veces pienso que habría que ingresarla en una clínica psiquiátrica infantil.

Los únicos momentos de ternura, las unicas sonrisas de la tía Rosaura, Nadine las recuerda dirigidas a Germán, al hermano por el cual sentía una pasión que ahora en retrospectiva parece excesiva y un tanto malsana. Sin embargo, a espaldas de su hermano, la tía Rosaura había sostenido una batalla campal contra su hija más pequeña, Alexandra. La tía estaba empeñada en meter a la niña en cintura. Y al darse cuenta de estar delante de una fierecilla indomable a quien sería imposible cortarle las alas, se dedicó a lijárselas a diario en una guerra de baja intensidad. Pero Alexandra resultó dura de pelar. Durante casi diez años se retaron las dos a diario como dos machos cabríos dispuestos a chocar cuernos, mientras Nadine las observaba con una mezcla de agotamiento y furia silenciosa.

—Nadine, vamos a escribir una obra de teatro y luego la representamos las dos. He leído *Las criadas* de Genet. En ella dos sirvientas matan a su señora. Yo quiero que hagamos una sobre dos sobrinas que matan a su tía monstruosa. Se confabulan para asesinarla cuando vuelve de misa. La tía ha matado a su verdadera madre y tiene esclavizadas a las sobrinas. Venga, Nadine, no me mires así, yo sé que tú la puedes escribir.

Por primera vez, repasando al azar todas estas historias, Nadine tiene la certeza de que la promesa que le había arrancado Ethel aquella noche había sido la de proteger a Alexandra. Velar por ella, permanecer siempre a su lado. Y ahora entiende que al menos de forma inconsciente es lo que ha intentado hacer muchos años. Pero ¿cómo proteger a alguien como Alexandra de su propio ruido, de su propia furia? ¿Cómo contener el alud de su destino? Imposible. En realidad, contentar el destino de cualquier persona es algo humanamente irrealizable. Y también se da cuenta de la rabia que ha encapsulado todo este tiempo contra su madre por subyugarla al cumplimiento de una obligación inviable. Quizá por eso la ha llamado todo este tiempo Ethel, y no mamá. Ahora entiende que Alexandra es de alguna manera la continuación de Ethel, dos mujeres complicadas, con grandes y profundas heridas, llenas de alaridos hacia el mundo, y que ella, Nadine, nunca hubiera tenido la fuerza suficiente para serenarlas, para resguardarlas, siquiera para mitigar en lo más mínimo su desasosiego.

*

—Un hombre ha estado preguntando por usted.

—¿Un hombre?

—Sí. Habla así con un acento... No sé.

—¿Cuándo?

—Estos días atrás.

—Por favor, dile que no venga más, que me he mudado.

Una mirada de interrogación se abre en los ojos del muchacho. No tendrá más de veinte años y pasa el día en la garita de la portería leyendo vorazmente detrás de la pequeña ventana de cristal. Cuando alguien se acerca a preguntar algo o a entregar algún paquete, esconde el libro. Es el sustituto del portero durante el verano. Es joven, flaco, con un mechón pajizo que le cubre parte de la cara. Sus padres son ucranianos. Sus grandes ojos azules delatan un alma llena de anhelo. Siempre mira a Nadine con curiosidad.

Nadine le había vuelto a pedir que le dijera a Gino que ya no vivía allí. Estaba decidida a no verlo más, pero ahora, según se acerca de noche hacia el portal, divisa la figura de un hombre sentado en el banco delante del edificio. Se dirige hacia la puerta con la llave en la mano dispuesta a no hacerle caso, pero en vez de eso, se da la vuelta y dice:

—¿Gino? ¿Qué haces tú aquí? —Y se prepara para pedirle otra vez que la deje en paz, para convencerlo de la inutilidad de su insistencia.

—He venido a preguntarte por tu hermana —dice Gino con sencillez.

Algo se afloja en Nadine, un músculo en el centro del tronco, el músculo que contrae habitualmente para enfrentarse a la adversidad de la vida diaria. Ese músculo que la mantiene de pie en el hospital y que después por la noche le es imposible relajar, porque lleva varias semanas en estado de rigidez permanente. Camina hasta el banco y se sienta a su lado. No hablan durante unos minutos.

La noche es cálida, con esa calidez suave de los días avanzados del estío, baños de brisa tibia recorren la piel desnuda de los brazos, la nuca, las rodillas. El canto de cigarras lejanas llega a los oídos en oleadas unido al murmullo de los árboles del parque cercano. ¡El parque otra vez!

—¿Cómo está *la tua sorella*? ¿Mejora?

—No, no mejora. Pero lucha como una bestia por sobrevivir. Según los médicos, ya tenía que estar muerta hace dos meses.

—Ellos son como el hombre del tiempo, casi siempre se equivocan.

Nadine suspira. No le quedan fuerzas para nada. Solo quiere tumbarse y sumergirse en un sueño inconsciente.

—¿Has cenado? —pregunta Gino.

—No. Pero estoy demasiado cansada. Me tengo que subir a casa.

—No había pensado ir a ningún sitio. Si quieres yo cocino algo.

—¿Tú cocinas?

—Claro, ¿qué hombre italiano no sabe cocinar un plato de pasta?

Sin más convencimiento, Nadine se levanta, abre el portal y deja pasar a Gino. Mientras el ascensor arcaico con cancelas de hierro y acabados dorados los sube lenta y trabajosamente hasta el cuarto piso, Nadine nota cómo su cuerpo se encrespa ante la proximidad del de Gino. Evita sus ojos.

Una vez en la cocina rebuscan por los armarios casi vacíos. Encuentran un paquete de *linguini* solitario, un poco de aceite de oliva y un ajo envejecido al fondo del refrigerador. A Gino le parece suficiente. En menos de diez minutos produce milagrosamente un plato de pasta caliente, y lo coloca sobre la mesa.

—*Pasta all'aglio*. La receta más clásica de la *cucina italiana*.

Nadine recuerda que Jimena tiene una reserva de botellas. Descorcha una de vino blanco. Sentados a la mesa de la cocina comen en silencio saboreando el vino y sintiendo la deliciosa invasión de los hidratos de carbono en el tubo digestivo.

—Puede que haga más de un año que no comía algo tan rico —dice Nadine.

—Cuando se tiene hambre, cualquier cosa es una *delizia*.

—Sí —piensa Nadine—, este debe de ser uno de los secretos de la vida. Tener mucha hambre y en los escasos momentos en que logras satisfacerla, saborear el pico de placer como si fuera el último. Se puede aplicar a todo, a comer, a crear, a amar.

Cuando acaban, Gino retira la mesa y friega rápidamente los platos. Luego se vuelve hacia Nadine y mientras se seca las manos con el trapo de cocina, dice:

—Bueno *cara,* ahora me voy. Mañana trabajo temprano.

—¿Trabajas? —Nadine bebe el último trago de su vino.

—Sí, en una tienda de telas de la calle Atocha. Mal pagado, muchas horas, clientas duras, pero es trabajo.

—Quédate un rato.

Gino la mira un momento. Nadine empieza a sentir ahora la extraña alteración de conciencia que le produce siempre el alcohol. Su sensualidad ya no está ceñida a su cuerpo, sino que se derrama caliente y densa por el suelo a su alrededor, empalagosamente dulce, como un pseudópodo de melaza que se desliza lentamente hacia Gino. Pero él no se deja conmover.

—No, me voy. Otro día vuelvo. —Y, descolgando la americana de la silla, sale al pasillo y camina hacia la puerta. Una vez fuera en el descansillo se pone la americana y dice—: Que duermas bien, *cara. Ciao.*

—Gino. —Nadine, apoyada en el marco de la puerta, siente los ojos enrojecer—. Gino —repite, tomando aliento. Gino espera—. Solo que…, siento lo que te dije el otro día.

—¿Qué?

—Lo de la tienda, tu padre, la carnicería, todo eso.

—Bueno. —Gino se abrocha uno de los botones de la americana con excesiva atención y después levanta los ojos y la mira con el rostro ligeramente sonrojado—. Bueno, pero era cierto.

—Quizá. Pero yo no soy quién para decirte nada.

—Olvídalo. *Buona notte.* —Y con una breve sonrisa desaparece escaleras abajo.

Nadine escucha sus pisadas ligeras bajando los escalones y luego la puerta del portal cerrarse. Después entra en la casa, se dirige hacia su dormitorio y se desploma sobre la cama.

*

—Pero che, no lo veás más. —El acento de Jimena ya se ha argentinizado totalmente—. Solo lo hacés porque estás en las últimas. ¿Por qué más te enrollarías con un perdedor de semejante calibre? ¿Y cómo vas a pasar de un alto ejecutivo estirado a un vagabundo italiano buscavidas? Una mina como vos, Nadine. Te merecés mucho más.

«Vagabundo italiano buscavidas». Sí, realmente, podría describirse así a Gino. Un hombre sin educación, sin base económica, con un matrimonio roto en mil pedazos, con un hijo desaparecido. Y ahora vendiéndoles trozos de tela a viejas en el casco antiguo de la ciudad. Visto así...

—Pero, Jimena, ¿qué quieres que haga? Me gusta. Y me acompaña.

—Claro que te gusta, a todas nos gustó en su momento. Era un amante increíble. ¿Pero sabés a cuántas mujeres se ha cogido? Es un puto con doctorado, querida.

—¿Y yo qué soy? Una desgraciada con máster.

—¡Ay, Nadine! Vos sos una mina linda, inteligente, cultivada. Divina. Y el tipo ni siquiera tira, ahora le dio por el celibato. Es el colmo. Además, si te enrollás con él te convertirás en una *cougar*.

—*Cougar*, ¿qué es eso?

—*Cougar* es una palabra americana. ¿No has escuchado hablar? Es una especie de gato montés. Se llama así a las mujeres mayores que se juntan con hombres más jóvenes y se los meriendan.

—¿De verdad?

—Sí, vos ya os clasificás como *cougar*, cuarentona y viéndote con uno de treinta y algo.

—De treinta y bastantes. —Ríe Nadine.

—Querida, por donde lo quieras ver, no hay caso...

Capítulo 14

Hoy entra en el parque con la idea de cruzarlo y así atajar hacia la parada de autobús que la llevará directamente al hospital. Quiere llegar antes de las doce de la mañana, hora en que el médico hace la ronda de las habitaciones para hablar con él. Tendrá que apretar el paso. Se mira los zapatos. Unas bailarinas livianas. Piensa que no son el mejor calzado para andar deprisa por los caminos de arena. Además, terminarán cubiertas de polvo. El aire es fresco, aunque todavía no es septiembre. A los lados del camino las flores del verano se muestran aún exhuberantes.

—A lo mejor no duran mucho ya.

Le pasa por la cabeza la idea de agacharse y cortar algunos crisantemos para llevárselos a Alexandra.

De pronto escucha a lo lejos el ruido machacón de una sierra eléctrica o de una taladradora, y levanta la cabeza. Una ráfaga de aire le desordena el cabello metiéndole el flequillo en los ojos, y haciéndolos lagrimear. Aprieta los párpados mientras percibe el desasosiego a su alrededor. Los árboles parecen inquietos, las hojas de los arbustos que franquean los caminos tiemblan.

Nadine avanza hacia el ruido cada vez más ensordecedor de las máquinas. Cuando llega a la rotonda de la fuente, ve a un grupo de hombres vestidos de verde y amarillo talando los arbustos de boj y otros árboles alrededor de la plaza. Son los jardineros del parque en su tarea de mantener el gran jardín en constante estado de perfección.

Tres mujeres de aspecto extraño caminan hacia ella. Una tiene una falda larga blanca acabada en encajes hechos jirones. La otra, de una delgadez extrema, viste de negro y lleva el pelo recogido con un pasador en forma de hueso. La tercera es muy bajita y lleva una blusa roja. Todas tienen caras famélicas y desencajadas. Quizá no han dormido en toda la noche. Cuchichean entre sí en tono indignado. Nadine observa que llevan grandes masas de hojas verdes y de flores azules cortadas en los brazos. Pero enseguida comprende lo que está pasando.

A unos metros ve los montículos que los jardineros están formando con sus rastrillos. Pensamientos de color azul violeta yacen desmayados encima del montón de hojas y tallos que acaban de arrancar de la tierra. Las flores mueren por segundos ante sus ojos. Lo que en las últimas semanas había sido una superficie espléndida de caras violetas abiertas hacia el cielo, es ahora una planicie de tierra oscura surcada por los dientes de los rastrillos, sangrando en silencio.

El grupo de jardineros ha hecho un alto y charla de pie sobre los montículos de flores muertas. Son hombres jóvenes de aspecto robusto y alegre. Algunos tienen aros en las orejas o en las cejas. Otro, un tatuaje de un corazón espinado en el bíceps derecho. Bromean y fuman con los pies apoyados en los rastrillos. Al pasar junto a ellos y observar la tersura de sus mejillas sonrientes bajo el sol, Nadine comprende que no sienten lo que está pasando a sus pies. Son solamente instrumentos de una masacre silenciosa, una masacre cometida en nombre de unos criterios absurdos de belleza urbana dictada por algún funcionario del ayuntamiento. La ciudad necesita exhibir flores exquisitas de colores homogéneos, siempre cambiantes con las estaciones o con motivos del calendario cultural. Esta semana rojas, mañana blancas o rosas, explosiones de color que rellenen los linderos de las formas geométricas perfectas de los parques.

«A lo mejor son así las guerras —piensa Nadine—. Una limpieza en un jardín programada de forma burocrática por alguna razón similarmente absurda».

Recuerda todas las tardes que ha recorrido ese tramo del parque bordeado de pensamientos azules. Cuando trabajaba por allí cerca, salía muchas veces de la oficina a la hora en que el atardecer estaba ya al borde de la noche. La hora mágica. La luz era siempre oscura y las caras de los pensamientos brillaban con tonos iridiscentes azules y violetas. Al pasar junto a ellas, sentía la humedad deliciosa que se desprendía de su carne vegetal entrarle por la garganta y derramársele por las paredes de los pulmones. Percibía la alegría muda de sus caras abiertas bajo el claroscuro de la noche. Su placer de estar juntas, hermanadas unas al lado de las otras, de sentir la brisa de las ramas lacias del sauce flotando sobre ellas. ¡Qué contraste entre la oficina que acababa de dejar con su moqueta beis y su mobiliario moderno de plástico y este mundo secreto paralelo rebosante de vida!

Los jardineros han acabado sus cigarrillos y vuelven a la tarea. Los azadones se hunden de nuevo en la tierra con golpes secos, removiendo el tejido de raíces diminutas.

—Quizá sea también así la muerte. Un acto organizado desde una esfera completamente diferente, con agendas y planes totalmente ajenos a nuestros intereses, a nuestras emociones.

La imagen de la nariz respingona de su hermana en medio de la cara hinchada anaranjada, «la quimiocara», como dice Alexandra bromeando, le viene a la mente. Y sus ojos, todavía verdes como siempre, pero por cuyas estrías esmeralda asoman ya las grietas por donde pronto empezarán a sangrar las raíces de las flores.

*

—¿Tú crees en últimas voluntades?

—No te pongas trágica.

—Qué pasa, ¿ni siquiera ahora me puedes hacer un favor?

—Si no abres los ojos, nada.

—¿Te dan igual mis mofletes naranjas, mi calvicie, la peste de mi sonda?

—De acuerdo, de acuerdo, dime qué quieres que haga.

*

Es mediodía. Las calles están desiertas, los comercios cerrados con rejas o planchas de metal corrugado, las persianas corridas sobre las ventanas en las fachadas de ladrillo rojo desnudo. Camina por la calle vacía arrastrando los pies. A su lado tintinean las llaves que lleva en una bolsa de plástico junto con otros objetos personales. Se ha dejado el bolso en el hospital, y cuando se ha dado cuenta tenía los bolsillos abultados y pesados con un número de objetos, monedero, teléfono móvil, manojo de llaves. Ahora todo cuelga a su lado dentro de la bolsa de plástico blanco que ha pedido en una tienda de frutos secos y chuches.

El sol le da de pleno en la cara haciéndole entrecerrar los ojos y arrugar la nariz. Es un mediodía ventoso. Desde las copas de los grandes tilos que bordean la avenida ancha, sus hojas en forma de corazón proyectan sombras pequeñas que se estremecen sobre el asfalto. En lo alto, sobre el cielo azul, blancos cúmulos algodonosos navegan veloces. La luz es clara, estridente. Le duelen los ojos desprotegidos. Tiene la boca seca y los labios tirantes.

*

—No es fácil lo que me pides.

—Quieres decir que no va a haber suficiente tiempo.

—Ya estás. Lo haces para joder.

—Oye, si no quieres...

—Está bien, lo hago.

—Pero por favor no te vayas hasta que vengan a cambiar la vía. Así me das la mano.

*

No ha cambiado tanto el barrio en todos estos años. La pobreza de los materiales de construcción de los edificios atestigua sus orígenes de barrio obrero. Es verdad que ha sido ordenado, limpiado y bruñido para acomodar el espíritu superado de la nueva generación que ahora habita las casas y ha asumido las tiendecillas que en su día abrieron sus padres y abuelos venidos de pueblos cercanos a la gran ciudad. Queda, sin embargo, la antigua simplicidad, la austeridad de siempre. Nadine lo recuerda como la otra cara de la moneda del barrio rico adyacente donde vivían sus padres y en el que habían crecido Alexandra y ella. Mientras en uno los pisos de lujo rodeados de floridos jardines encaraban el horizonte bordeado de montañas azules, el otro, situado en la bajada de la cuesta de la carretera principal, había empezado como un poblado obrero de casitas encaladas cubiertas de tejados de uralita. Allí vivían los obreros de las fábricas de la periferia cercana, chicas de servir, jardineros y otros trabajadores domésticos del barrio rico vecino. Sus habitantes eran enjutos, hombres pequeños pero delgados y fuertes, mujeres de caderas anchas vestidas de oscuro, y viejos con caras marcadas por grietas profundas como los surcos de los campos secos de donde provenían. No había sido así Genoveva. Ella fue siempre una flor entre las espigas.

—¿Cómo sabes que los tiene ella?

—Mamá le dio todas las cosas de música.

—¿Cómo puede ser? ¿Y papá?

—Papá pensaba que estaba loca. En realidad no creía que su música fuera importante.

—No me puedo creer que no me hayas dicho todo esto antes.

—Si te hubiera contado todos mis secretos, no vendrías a visitarme.

Al volver la esquina de la avenida reconoce la casa de Genoveva, los dos balcones pequeños con raíles de aluminio en el tercer piso de la fachada gris. Hace años que no viene a esta zona de la ciudad, y tampoco ha pensado en Genoveva desde hace mucho tiempo. Qué extraño encontrarse otra vez en este lugar. Entrecerrando levemente los ojos, recuerda la imagen del rostro oliva con ojos color miel de su niñera, los cabellos negros, largos y lacios, los brazos delgados siempre en movimiento. Recuerda esos brazos rodeando a Alexandra, mudos, fuertes, aguantado los estertores de su hermana.

Después de morir Ethel, Alexandra se escapaba a veces de casa y andaba por la carretera hasta llegar a casa de Genoveva. Muchas veces iban las dos. Alexandra caminaba respirando agitadamente y levantando con los pies el polvo del borde de la carretera, mientras Nadine la seguía unos pasos detrás. A veces, iban de la mano. No hablaban hasta que llegaban frente a la puerta verde del tercer piso. Y Alexandra siempre rompía a llorar cuando, al abrir la puerta, Genoveva la abrazaba.

Durante el tiempo que trabajó en la casa después de la muerte de su madre, Genoveva fue el único refugio de Nadine y Alexandra. Siempre con palabras cariñosas, con pequeños regalos o trozos de pastel, siempre ayudándolas con sus tareas domésticas, acolchando castigos impuestos por su padre o la tía Rosaura. Consciente de que Genoveva pertenecía al *ancien régime,* y no se insertaba en la nueva filosofía de la familia, la tía Rosaura la despidió en cuanto le fue posible. Entonces Genoveva volvió a vivir con su madre al pequeño piso del barrio obrero del otro lado de la carretera, donde Alexandra siguió visitándola.

*

De pie frente a la puerta de madera pintada de verde en el tercer piso, Nadine inhala despacio y estudia la punta de sus zapatos. Está a punto de abrir un túnel al pasado. Se apoya sobre la pared contigua y mira al techo. De las puertas de al lado provienen ruidos, las conversaciones de los vecinos atraviesan las paredes que se diría son finas como el papel. Una pareja discute por la rotura del mando del televisor, un niño pequeño llora al final del pasillo mientras una mujer lo regaña.

Sin embargo, detrás de la puerta de Genoveva no se escucha nada. Por un momento desea ardientemente que le abra otra persona y le diga que Genoveva ya no vive allí. Entonces se tendría que ir con las manos vacías. Imagina la cara de ansiedad que pondría su hermana. Imagina las súplicas para que vaya a buscarla al fin del mundo. Alexandra no se rendiría tan fácilmente ante uno, ni siquiera varios cambios de domicilio. No. Nadine sabe que atravesará esa puerta, que entrará en el túnel del tiempo y emergerá con todo aquello que su hermana quiere. Y quizá más.

—¿Sabes qué dice mamá? —le había dicho una vez Alexandra de pequeña—. Que aunque Genoveva haya nacido pobre, tiene en realidad el espíritu de una princesa. Pero que no se lo digamos a nadie, porque nunca lo entenderían.

Genoveva no había sido una simple niñera. Había sido, no solo la mano derecha de Ethel en la casa, sino sobre todo su confidente y, de alguna manera, su mejor amiga. Era la única persona que Ethel aceptaba a su lado, especialmente hacia el final, cuando languideció deteriorada por su enfermedad y se apartó del mundo. Y Nadine, aunque quería a Genoveva, recuerda guardarle rencor por ocupar ese espacio tan grande en la vida de su madre, por usurpar el territorio que pensaba les pertenecía a su hermana y a ella. Le vienen a la memoria imágenes de estar sentada en el suelo frente a la puerta del dormitorio de su madre, en uno de esos días en los que Ethel se encerraba y no quería saber de nadie, ni siquiera atender a los gimoteos de sus hijas pequeñas pidiéndole pasar, y ver a Genoveva llegar, bandeja en mano, golpear suavemente la puerta con los nudillos, y momentos después abrirse, para dejar solo entrar a la niñera. ¿Sería este resentimiento lo que la ha mantenido alejada de Genoveva tantos años?

*

El timbre es un botón blanco pequeño enmarcado en un rectángulo de plástico amarillento sucio. Al pulsarlo no emite ningún sonido. Espera unos segundos y lo presiona por segunda vez. Tampoco suena. Finalmente golpea la puerta con los nudillos, primero tímidamente y después con más fuerza. Una voz rasposa y cansada dice:

—Ya voy, ya voy. —Y se oyen unos pies arrastrándose con dificultad hacia la puerta.

La puerta se abre y una mujer gruesa vestida con una bata de estar en casa aparece en el umbral. Lo primero que ve Nadine son sus piernas monstruosas cubiertas de varices y sus pies hinchados calzados con zapatillas enormes de felpa. Después de unos segundos de silencio en el cual las dos se miran con desconcierto, la mujer que tiene delante exclama con la voz inconfundible de Genoveva:

—¿Señorita Nadine? Dios mío, ¡qué sorpresa! ¡Cuánto tiempo sin verla!

El cuerpo grueso da un paso hacia delante y la abraza mientras ella siente la carne fría y ligeramente sudorosa de los pesados brazos que la rodean. Cuando se aparta de ella, Nadine escudriña la cara ancha y carnosa rodeada de mechones de pelo corto teñido, buscando rastros de la mujer que había conocido como Genoveva. Pasa un rato hasta que traspasa las ojeras, las cejas demasiado depiladas, las pestañas escasas en los párpados enrojecidos y se hunde finalmente dentro de las pupilas color miel. Allí reconoce la ternura ámbar singular. Allí dentro sí está Genoveva.

—Geno.

—Ay, señorita Nadine, qué ilusión verla. Cuánto he pensado en usted. Pase, pase adentro.

—Por favor, no me llames de usted. Hace que me sienta vieja.

—¡Vieja! Si está..., estás..., guapísima. Como siempre, vaya. —Las pupilas de Genoveva se diluyen en ámbar líquido—. Mira qué emoción me está entrando. Anda, pasa.

Nadine entra por el angosto pasillo de suelos de gres seguida de Genoveva, que camina dificultosamente, sorbiéndose las lágrimas con pequeños sonidos. En el saloncito, la invita a sentarse en un sofá floreado de cubierta desgastada.

—¿Qué te traigo? ¿Quieres coca-cola?

—Geno, no me traigas nada, no quiero molestarte.

—¡Cómo me vas a molestar tú! Venga, te traigo una coca-cola bien fría.

Laboriosamente, se dirige de nuevo hacia el pasillo, al final del cual debe de estar la cocina, mientras Nadine se empapa de toda la estancia a su alrededor, como si necesitara beberse en imágenes todo lo que ha pasado en los años que no ha visto a

Genoveva. Los escasos muebles de barniz oscuro y reluciente, el espejo enmarcado con rayos de metal dorado, el mantel de encaje sobre la mesa con cuatro sillas, las flores de plástico. Y junto al antiguo televisor una foto de boda y otra de Alexandra actuando de Ofelia sobre el escenario. Genoveva vuelve con un vaso en la mano.

—No, no te levantes. Si dice el médico que tengo que andar. Y ya ves, apenas puedo salir de casa con estas piernas. Desde que murió José Antonio, es todo más difícil. Ahora no puedo trabajar, y la pensión que me ha quedado no me da para nada. —Agarrándose a los brazos del sillón acomoda sus piernas grotescamente deformes, y se sienta lentamente.

Nadine sigue con la vista clavada en la fotografía de Alexandra, en su pelo rojo largo intercalado con florecillas, su traje blanco, el antebrazo apoyado dramáticamente sobre la frente. Genoveva mira la foto con ella.

—Qué guapa está, ¿verdad? Dios la bendiga. No sabes cúanto me ha ayudado, cuántas veces me ha venido a ver. —Las manos hinchadas de Genoveva toman la foto y acarician su superficie mientras la mira de cerca—. ¿Cómo sigue? Con estas piernas ni la he podido visitar —dice, y, ante la palidez muda de Nadine, añade—: No está bien, ¿verdad? ¿Qué dicen los médicos?

Lentamente, Nadine vuelve en sí y mira a Genoveva.

—No sé, Geno, creo que está muy mal. No sé qué va a pasar —balbucea unos segundos antes de que los sollozos empiecen a sacudirle el cuerpo.

Pasan unos momentos mientras Nadine se ahoga en llanto, y Genoveva se levanta laboriosamente sobre sus piernas enormes para acercarse a su lado y echarle los brazos por encima.

—Venga, mi niña, ya, ya...

Nadine siente ese calor antiguo que Genoveva le había dado tantas veces de pequeña, el consuelo del arrullo de su voz, su cuerpo grande apretando el suyo pequeño.

*

Es muy tarde cuando entra en el metro, y piensa que probablemente tardará más de una hora en llegar a casa. Camina sobre la plataforma solitaria bajo la luz verdosa de neón, y se dirige a uno de los bancos junto a la pared. Agarrada fuertemente bajo el brazo derecho lleva la maleta que le ha dado Genoveva. La antigua maleta roja de Ethel, la que siempre llevaba consigo en los viajes con papá. Ahora está desteñida y con el cuero raspado, la cerradura herrumbrosa y el asa rota. Cuando le ha preguntado a Genoveva por qué no le había dado esta maleta a Alexandra, ella le ha dicho que Ethel le había pedido que la guardara y se la diera solo a ella, a Nadine.

Se sienta y mira a su alrededor para asegurarse de que no hay nadie en la estación, luego, con mucho cuidado se coloca la maleta sobre el regazo. Un ligero estremecimiento le recorre el cuerpo. No puede esperar a llegar a casa para revisar los objetos contenidos en el interior.

*

—Dime la verdad, Genoveva, aparte de tener cáncer terminal, mamá...

—No hay que juzgarla, pobrecita, ella sufrió mucho.

—Geno, lo tengo que saber.

—Nadie puede juzgarnos más que el Altísimo.

—Geno, mírame. Mírame a los ojos.

—Ella tomó todas esas pastillas. Pero no sé si sabía cuánto le podían dañar...

—¿Cuántas tomó?

—Muchas. Tomó muchas.

—¿Cuántas?

—Casi dos botes enteros.

*

Nada más abrir la tapa de la maleta aparecen los pájaros naranjas de la bata japonesa de mamá. Pájaros naranjas entre ramas de cerezos con florecitas blancas y verdes. Nadine mete la mano y recorre la superficie rugosa de la seda antigua. Después tira suavemente y sale una manga corta y ancha. Por dentro, el forro es de color azul gris. Enseguida se dobla sobre la tela y la huele despacio. Detrás del olor a polvo y a armario cerrado subyace el fantasma del perfume de jazmín. El corazón de Nadine da un salto hacia la garganta y por un momento, con los ojos cerrados, siente el aroma de la piel de su madre. El aroma del recoveco del cuello, entre el collar de perlas pequeñitas y la curva suave de la clavícula.

A lo lejos suena el estruendo del tren que se acerca a la estación. Con el corazón todavía palpitante, Nadine mete apresuradamente la manga y cierra la tapa de la maleta.

*

—Geno, y Robert, ¿sabes quién era Robert?

—Ay, niña, ese Robert era el que ella quiso toda la vida.

—¿Y entonces papá?

—Ella se casó con tu padre después de que muriera el otro.

—¿Robert murió?

—Murió joven, muy joven. Pero ella lo quiso siempre. Nunca lo pudo olvidar.

—Pero ¿no sabes nada más de él, de dónde era, dónde lo conoció?

—Robert era su primo hermano. Crecieron juntos. Es por eso que tuvo líos con la familia.

*

En casa vuelve a abrir cuidadosamente la maleta y tiende ritualmente una a una todas las cosas sobre la colcha de la cama. La bata larga de pájaros naranjas con sus mangas cortas estiradas, el collar de perlas grises pequeñitas dentro de su caja en forma de concha marina, las zapatillas en punta de raso salmón con botones redondos de azabache. A pesar de estar todo deslucido, desgastado, con rasguños aquí y allá, la pequeña colección es de una belleza conmovedora. La ropa de *boudoir* de una mujer bella, caprichosa y exótica. Así era Ethel. Nadine la recuerda peinando su cabello corto frente a la coqueta del vestidor con esta misma bata, con estas zapatillas, a punto de colocarse el collar.

Esa noche Nadine no puede dormir. Ha colgado la bata en una percha sobre la pared enfrente de la cama, y el cerebro le hierve con todo tipo de imágenes del pasado. Mamá vistiéndose para una fiesta, mamá tocando el piano rodeada de invitados en el salón, mamá subiéndose a un taxi para ir a un concierto en el Real. Qué joven debía de ser entonces. No habría cumplido los treinta años. Sin familia, en un país extraño, casada con un hombre que apenas hablaba su idioma. Y con sueños de música. De dar grandes conciertos. Pobre inglesita naíf importada a un país que olía por todas partes a coroneles, a uniformes verdes con medallas rojas. ¿Y cómo se iba a realizar como pianista? Las mujeres con ambiciones de carreras musicales andaban todavía de puntillas en los años de la dictadura.

Finalmente para poder conciliar el sueño, Nadine se desnuda, se pone la bata japonesa y se mete en la cama, abrazando los pájaros contra su torso.

Capítulo 15

Genoveva no tiene ninguna partitura de mamá. Me dijo que, en todo caso, estarán dentro de la pianola que se llevó Cristian a tu piso hace unas semanas.

—Perdón, pero yo no me he llevado nada a ninguna parte.

El gruñido sale del sillón de la esquina. Es la primera vez que Cristian habla desde que Nadine ha llegado. Nadine no le hace caso y busca la mirada de Alexandra. Pero ella está hoy agotada. Se ha pasado la mañana vomitando después de la última ronda de quimioterapia.

—Según Genoveva, fuiste tú quien se llevó las cosas de mi madre que estaban guardadas en su trastero al piso de Alexandra. Me describió hasta tu furgoneta blanca.

—No sé quién es esa persona, pero te aseguro que te ha malinformado. Yo no he transportado nada en mi furgoneta blanca. Y menos al apartamento de tu hermana. —El tono de enfado de Cristian va subiendo.

«Ya empezamos», piensa Nadine. Un constante ejercicio de contradicción.

—¿Estás seguro?

—Segurísimo. Por estas... —Cristian se besa la punta de los dedos ruidosamente—. Por estas... —dice otra vez y se levanta de

219

su sillón caminando hacia ella de forma amenazante—. ¿Crees que te estoy mintiendo?

El cuerpo de Nadine se encoge mientras pasan unos segundos de silencio tenso.

De pronto, Alexandra sale de su estupor, abre los ojos y dice:

—Para ser exactos, ni furgoneta blanca, ni mi apartamento. Porque el caso es que la furgoneta es gris y lo llevó al almacén, no a mi piso. —Y lanza una risotada débil.

—Exactamente —repite Cristian con satisfacción—. Así fue, y no como dice tu amiga.

Nadine aprieta los dientes con rabia, pero solo dice:

—Bueno, sea como sea, las partituras están entre las cosas que se llevó Cristian.

—Lo dudo mucho. —Cristian ha saltado otra vez al ruedo como un resorte—. Entre las cosas que llevé no había ningún papel. Eran solo unos muebles y unas cuantas cosas sin valor.

—Quizá si yo pudiera mirarlas, encontraría las partituras.

—¿Me estás diciendo que no tengo ojos, o que soy estúpido?

—Te estoy diciendo que yo quiero buscar personalmente las partituras de mi madre.

—Pues va a ser que no. —Cristian alza la voz y abre los ojos desmesuradamente con gesto teatral.

Nadine suspira, pero al instante le invade un pensamiento inquietante. Un pensamiento que enseguida se convierte en certeza. Las famosas partituras no existen, son parte de la urdimbre fantástica con la cual su hermana ha tejido la leyenda de Ethel. Cristian lo sabe, y no quiere que ahora se derribe el castillo de naipes. Eso es. La leyenda de Ethel. La leyenda que entre las dos han ido construyendo a base de recuerdos desdibujados, a base de rellenos de fantasía mezclados con fragmentos de anécdotas que personas que sí la conocieron les han contado. La leyenda que tiene variaciones, las de Alexandra, las de Nadine, porque ninguna de las dos está en posesión de la verdadera historia de su madre. Ni lo estará jamás.

Alexandra le toma la mano.

—Por favor Nani, no gritéis más. Me duele tanto la cabeza —dice mientras se le escurren lágrimas por la cara.

—¿Te duele la cabeza? —Cristian salta a la cabecera de la cama y le coloca la mano sobre la frente. Su semblante se contrae en un gesto de ansiedad. Cuando Alexandra vuelve a cerrar los ojos, él examina las bolsas colgadas del gotero—. ¡Pero si se ha acabado el calmante y no han venido a cambiarlo! ¿Qué pasa? ¿Este es un hospital de lujo o qué? —Y aprieta con furia el botón rojo para llamar al control de enfermería—. ¡Esto no sirve para nada! —dice después de tres apretones, y sale hacia el pasillo rezumando impaciencia.

—Está muy nervioso. —Alexandra habla con voz débil sin abrir los ojos—. Por favor, no lo provoques. Ya ves que todo esto le cuesta mucho —explica, y luego añade—: No te preocupes por las partituras. Me dan igual. Ya me has traído la bata japonesa y es todo lo que me importa.

Nadine se vuelve hacia la ventana. Cae la tarde y una gran nube gris llena el cielo.

Si al menos lloviera.

＊

—¿Te cuento un secreto? Yo también entré en las filas de las *cougar*. Me he enamorado. Sí, ya sé que parece increíble, pero nunca me he sentido así con nadie. Antes de que me preguntes, te digo. Apenas ha cumplido los treinta y dos. Si ya sé, muy joven. Pero no sabes qué maduro es. Tiene una historia bien triste. Es uno de esos muchachos que nacieron en las cárceles durante la dictadura. Ay, querida, cuánto he llorado cuando me lo ha contado todo. Me ha llevado a conocer a su abuela, que es una de las Madres de la Plaza de Mayo. ¿Sabés de lo que te estoy hablando? —Jimena hace un alto al otro lado del teléfono colmada por la emoción—. ¡Y es poeta! ¡Qué hombre tan lindo! ¡Me muero por él! Pero, querida, estoy empezando a ver la otra cara de Buenos Aires, y me está dando muy duro. Qué ciudad tan bella y tan trágica. Pienso muchas veces, ¿qué hubiera sido de mí si mis padres no se hubieran ido de aquí? ¿Cómo habría sido mi vida?

—Jimena, ¿cúando vuelves? —Nadine está tan cansada que apenas puede sostener el teléfono.

—Vuelvo ya. Estoy buscando un vuelo. ¿Y lo mejor de todo? Me lo traigo conmigo, querida.

*

Nadine pone la caja sobre el regazo de Alexandra. Ha esperado horas para que su hermana se despierte. Es una caja vieja de cartón con flores de color chillón en la tapa. Los bordes están rotos y las flores desgastadas. Una gran goma elástica sujeta la estructura, que está prácticamente desvencijada.

—He vuelto a casa de Genoveva, y me ha dado esto. Al parecer estaba entre las cosas que se dejó la tía Rosaura.

Alexandra toma la caja despacio y la levanta con esfuerzo. Sus brazos pálidos están en los huesos. Se la acerca a la nariz y hace ademán de olerla.

—Huele a culo.

Nadine rompe a reír. Parece que nada puede acabar con el sentido del humor de su hermana.

—No me creo que no hayas enterrado el hacha de guerra después de tanto tiempo.

—Te lo juro. Compruébalo por ti misma.

Los ojos de Alexandra miran burlones mientras le alarga la caja. El resto de su rostro ya no tiene fuerzas para hacer ningún gesto. La caja se escapa de sus manos de papel, y los contenidos se desparraman sobre la cama. Papeles, fotos, un rosario de plástico, postales de Santiago de Compostela.

—Debe de ser lo que se salvó de aquella famosa hoguera.

La salida final de la tía Rosaura de la casa había sido propiciada por el acto de sedición más extremo de todos los que había realizado Alexandra, quien después de preparar una pira con todos los objetos religiosos que pudo encontrar en la habitación de la tía, les prendió fuego en medio del cuarto. La tía Rosaura, después de correr por la casa gritando y llevando baldes de agua para apagar la hoguera, había hecho su maleta y se había ido esa misma tarde a la estación sin decir palabra. Pero también había que tener en cuenta que Germán ya estaba de novio con Mercedes en aquella época, y el fuego solo debió de ser la puntilla para Rosaura. No volvieron a verla hasta el funeral de su padre, y jamás después, ni supieron más de ella hasta que les llegó la noticia hace unos años de que estaba internada en un residencia para enfermos de alzhéimer.

Alexandra ha encontrado ya lo que quiere. Es una foto pequeña en blanco y negro con reborde. En ella su padre, vestido de gala, sonríe con lo que parece una copa de champán en la mano.

A su lado, la tía Rosaura, con un vestido de encaje negro y una peineta alta en el moño, lo mira con devoción.

—Nani, por favor, ¿me cortas la parte de papá?

—¿Que rompa la foto?

—Sí, para que quede él solo.

Nadine rasga la foto verticalmente. Alexandra la pone a su lado sobre la almohada.

—Qué contento está. Era el día de su boda, aunque mamá no aparece por ninguna parte.

—Tal vez es ella la que está tomando la foto. —Alexandra cierra los ojos y se coloca en posición fetal—. Me duelen mucho las piernas. Creo que se ha acabado otra vez esa aspirina líquida gigante que me meten por el tubo.

Nadine sale a buscar una enfermera. El pasillo largo la lleva a uno de los controles donde están las enfermeras y los celadores hablando y riendo. Cuando vuelve a la habitación, Alexandra está dormida.

Capítulo 16

«Sobre el espejo frente al tragaluz
pájaros entran y salen en el recuadro azul
rebaños de nubes flotan, se estiran, se arquean
olas blancas se arrastran sobre una playa añil
narran historias de formas cambiantes
ahora un dragón, ahora amantes
ahora un enano junto a un gigante
un barco fantasma, una flor de algodón
figuras que pugnan por sostenerse
pero enseguida caen,
incorpóreas, livianas
ingrávidas
diluyéndose en el azur.

Y mientras tú
te has quitado los zapatos
te has soltado la melena
y espías fascinada el cielo
buscando claves del mundo
tumbada sobre el diván».

Por alguna razón totalmente anacrónica e indescifrable, este poema había quedado guardado en la caja con las cosas de la tía Rosaura. Anacrónica, porque Nadine recordaba perfectamente haberlo escrito mucho después de que la tía Rosaura se fuera de la casa. Pero quizá Genoveva lo había guardado en la caja para que no se perdiera. Ahora Nadine no sabe si Alexandra llegó a leer esta poesía. Hoy la ha guardado para enseñársela después de darle la foto de su padre, pero ha esperado demasiado. Alexandra ya no despertará más hasta mañana. Mañana se la enseñará sin falta.

Nadine mira ahora la hoja de cuadritos arrancada del cuaderno sujeto con espiral de alambre, y doblada en cuatro. Siente una extraña emoción mientras sus dedos desdoblan el papel una vez más. Reconoce su letra, su letra de hace veinte años, con sus caracteres largos, jóvenes, casi infantiles, esparcidos por la superficie gastada de la hoja. Recuerda algunos de los múltiples borrones; es solo un esbozo de poema, un poema inacabado. Es una de las últimas poesías que empezó a escribir en la buhardilla y que nunca terminó. Recuerda la tarde que la compuso. La ventana del techo abuhardillado abierta y el sol entrando en haces oblicuos calentándole las piernas estiradas sobre el diván. Dentro de las columnas de luz bailaban un sinfín de partículas de polvo, mientras que en lo alto, fuera de la ventana, se divisaban lienzos sobre los cuales riadas de nubes, empujadas por el viento, dibujaban viñetas de imágenes en movimiento. «Espiar el cielo» era un juego que se habían inventado de pequeñas y con el que se entretenían cuando la tía Rosaura las castigaba encerrándolas en su dormitorio, sin libros ni juguetes. Las obligaba a desvestirse y a meterse en la cama. Después se iba y cerraba la puerta con llave. Entonces Alexandra sacaba un espejo pequeño que le había sustraído a Genoveva del bolso y tumbadas jugaban a espiar el cielo y a descifrar el lenguaje de las nubes. Durante mucho tiempo Nadine pensó en escribir una obra de teatro sobre esa historia. Dos niñas predicen crímenes pasionales desentrañando el lenguaje de las nubes. Un detective con imaginación las consulta para obtener claves de sus casos, y los criminales las persiguen para eliminarlas. Cuántos proyectos tuvieron ella y Alexandra durante los dos años que vivieron juntas en la buhardilla. Noches enteras hablando de historias, imaginando puestas en escena, incluso recitando posibles diálogos. Si solo se hubieran dado el tiempo de desarrollar todas sus ideas.

Pero a Nadine le comenzó a inquietar la falta de estabilidad de sus vidas. Nunca tenían dinero, algunos meses se hacían muy cuesta arriba y sus trabajos no les ofrecían futuro ni seguridad. La relación con su padre se había enfriado desde la pelea con Mercedes, y aunque Nadine le había pedido varias veces que la ayudara a costearse la universidad, él se había hecho el despistado, y cuando ella insistió, prometió pensarlo, pero nunca volvió a sacar la conversación. Nadine quería estudiar literatura, quería escribir, pero no veía cómo encauzarse. Alexandra, por su parte, había encontrado a una profesora de teatro, Paquita, que le daba lecciones con otro par de chicas en una de las aulas de una vieja academia de baile de la calle Libertad. Y Paquita siempre le decía a Alexandra:

—Tú tienes mucho talento, niña. Pero *pa* esto te tienes que ir al extranjero. Aquí no hay escuela decente; aquí parece que ser actriz es peor que ser puta.

Y de hecho fue Paquita quien le presentó a Amadeo, que sí había vagado por algunos escenarios en Londres y en París, y había vuelto a Madrid con la idea de montar un teatro alternativo. Y mientras Amadeo, que se chuleaba de ser parte de la emergente movida madrileña, embelesaba a Alexandra con promesas de grandes producciones a la vez que la mantenía todas las horas del día esclavizada en el teatro, Nadine se vio cada vez más sola y más aislada, escribiendo por las tardes en la buhardilla despues de morir de aburrimiento todo el día en su trabajo mal pagado de auxiliar administrativa. Parecía que todo iba en caída, que su vida nunca mejoraría. Y entonces se encontró con Augusto, y con él comenzó el proceso de permutar la creatividad bohemia por una estabilidad mediocre, una tarea ardua y larga que acabó apoderándose de ella.

*

Nadine vaga por las calles cerca de casa de Jimena. No quiere subir y encontrarse sola en el enorme piso vacío. Cena un sándwich espantoso sentada a la barra de un bar donde una serie de hombres diversos ven un partido de fútbol en la televisión colgada de la pared. Nadie la mira a ella, apenas le hacen caso los camareros cuando pide la cuenta. Sale a la calle y merodea por las aceras sedientas. La caída del sol casi no ha enfriado la sequedad calcinante del mediodía y de la tarde. Es un fin de semana largo, todo el mundo ha salido de la ciudad. Las calles están desiertas, el asfalto de las calzadas apesta a alquitrán después del calor abrasador de la jornada. Quisiera hablar con Jimena, pero por la hora que debe de ser en Buenos Aires, seguramente no estará en casa. Un camión de basura bloquea la calle y de sus fauces salen bocanadas de olores podridos. Todas las tiendas están ya cerradas a esta hora, y apenas quedan bares abiertos. Al final de la calle solo se vislumbra un negocio iluminado. El locutorio.

Nadine no ha vuelto al locutorio más que un par de veces desde aquella conversación con Proceso, y solo han hablado lo imprescindible. El intercambio de bromas con Proceso se había acabado. Una extraña amargura se había interpuesto entre ellos. Ahora Nadine se pensaba dos veces pasar por el mostrador. Pero esta noche no lo puede resistir. Necesita estar rodeada de gente, aunque sean desconocidos y no le dirijan la palabra. Necesita estar en un espacio cerrado, en proximidad con otros cuerpos humanos. Necesita escuchar esas conversaciones desesperadas en las cabinas, distraerse con las imágenes fascinantes o repugnantes que mirará de soslayo al pasar por los ordenadores de otros usuarios. Sí, necesita salir del dolor sordo y patético de su propia historia. Comprobar en qué emplean su tiempo los demás, a qué tipo de búsquedas los lleva la imaginación, cómo llenan todos esos momentos vacíos y sin sentido, esas esperas largas y absurdas a las que nos somete la vida.

Nada más entrar por la puerta, se encuentra con los ojos de Proceso.

—Ay, señorita Nadine, ya no la vemos nunca por aquí. ¿Por qué nos ha abandonado?

Proceso bromea otra vez. Detrás de su tono, Nadine adivina cómo calibra la magnitud de su soledad, el volumen de ese halo hueco y opaco que la rodea y entorpece cada instante de su percepción y sus movimientos.

—Hoy le voy a prestar el mejor ordenador de la casa, el que siempre está ocupado, el de más reciente adquisición. El número 9. —La voz de Proceso adquiere un tinte especialmente cariñoso. Nadine siente ganas de llorar.

Como es tarde, hay menos gente de lo usual en el locutorio. Tres adolescentes se apiñan frente a una pantalla y se divierten con videojuegos de matar zombis vampiros con destellos verdes. Una mujer vieja y desaliñada, con un moño enorme blanco, toma notas frente a una receta de merengue. Y al lado del ordenador número 9, en el número 8, están sentadas las dos chicas, hermanas o primas, que días atrás escuchaban con fervor los detalles de la profecía maya del 2020. Nadine se sienta frente al número 9 mientras escucha a hurtadillas el audio de Youtube de las chicas de al lado.

«¿Tú sabes lo que estás comiendo cuando comes carne?», recita una voz acusadora a la vez que la pantalla muestra dos hombres con cuchillos eléctricos gigantescos desollando el cuerpo masivo de una vaca despellejada y colgada del techo.

Nadine no puede evitar mirar el video con horror hipnótico.

«Cada amanecer, en nuestro continente comienza el sacrificio de animales. Al anochecer, casi treinta millones de vacas, ovejas, puercos, pollos y pavos han sido torturados hasta perder la vida...», imágenes de animales deformes apresados en espacios pequeños oscuros, pollos colgados de las patas y conducidos por cintas transportadoras, ubres ulceradas enchufadas a tubos de máquinas ordeñadoras se suceden ante sus ojos espantados.

La chica gordita con gafas se vuelve hacia Nadine y dice:

—Ay, perdón señora, no quiero molestarla como la otra vez. Ahora quito el audio. —Y, mientras baja el volumen con la tecla, la voz se va apagando; Nadine escucha las últimas palabras: «Antes de morir, los animales de las fábricas de carne llevan una vida de agonía sin fin. Todo eso te lo comes tú cada vez que ingieres un filete de carne».

—Oigan, señoritas, ya está bien de molestar con sus historias trágicas. Apaguen ese ordenador ahora mismo. Ya ni a esas pobres vaquitas nos las vamos a poder comer. Y que no las vea yo por ahí devorando chicharroncitos de puerco —dice Proceso desde el mostrador.

Detrás de su tono burlón somnoliento, Nadine de pronto reconoce el bálsamo que su presencia le ha producido siempre, ve otra vez esa sabiduría centenaria que viene de vuelta del mundo y que ahora consuela con bromas a los seres menos afortunados a su alrededor. Las chicas no apagan el ordenador. Solo se recolocan de espaldas hacia Nadine y comparten auriculares para seguir escuchando el programa.

Nadine se vuelve hacia su pantalla y abre Google Imágenes. En la ventana del buscador escribe «Bartolina Sisa».

*

El pasillo largo y blanco está más silencioso que nunca. Es el primer día de octubre. El cielo ha adquirido esa cualidad transparente y profunda que anuncia el final del estío y la entrada del otoño y del frío. Nadine ha salido de casa con una cazadora fina y siente la piel encogerse con el viento fresco de la mañana. Está llegando al hospital dos horas antes de lo habitual. La noche anterior ha dormido mal despertándose todo el tiempo, entrando y saliendo constantemente de un sueño repetitivo y angustioso, que ahora no recuerda, aunque su sensación de inquietud todavía la impregna. Por la mañana temprano ha decidido presentarse en el hospital antes de su hora. Si a Cristian le molesta, irá a desayunar a la cafetería.

Pero el pasillo hoy parece interminable. Tendrá que ver con el cansancio, con la resistencia que su cuerpo pone para avanzar sobre él, la renuencia a alcanzar la habitación 2001, abrir la puerta y enfrentarse con la cama blanca, impoluta, la cajita diariamente esterilizada que contiene el cuerpo cada día más pequeño de su hermana. Enfrentarse con su cara, también pequeña, amarilla, anaranjada, y con el verde de sus ojos que cada vez está más borroso, más velado, como si se hundiera poco a poco en la profundidad opaca de un estanque. Nadine se retuerce por dentro cada vez que fuerza una sonrisa, cada vez que se acerca y se obliga a abrazar ese cuerpo que ahora siente como un montón de huesos de un pájaro diminuto.

Nadine siente que ha aprendido a llorar hacia dentro, sin lágrimas aparentes, ni gestos contraídos en el rostro. Solamente con unos pequeños espasmos que aprietan simultáneamente el corazón y la garganta. Totalmente invisibles hacia el exterior. Pero no puede controlar que también haya un goteo constante en la parte posterior de la nariz. Cae silencioso como una infiltración de agua dentro de una cueva. Clip, clip, clip, clop, clop, clop. La humedad insoportable de la cueva le hincha las bolsas bajo los ojos y le produce la necesidad constante de aspirar aire con inhalaciones cortas y sostenidas.

—¿Tiene usted rinitis? —le había preguntado el doctor Iván Gómez la mañana anterior—. Puede ser una alergia precoz a las arizónicas. Es común. Le recomiendo que consulte con un especialista antes de que avance el cuadro —le ha dicho con esa sonrisa dulce y desdibujada que le dedica siempre.

¿Cómo explicárselo? No es rinitis, ni alergia. Es llorar hacia adentro. Es alimentar en secreto ese lago salado al fondo de la cueva, ese acuífero contenido dentro de su cuerpo que lleva tantos años llenándose poco a poco, gota a gota. Esa bolsa cautiva subterránea que ahora pudiera desbordarse, hacer erupción y verterse hacia fuera, inundándolo todo. O, por el contrario, convertirse en un absceso contaminado y putrefacto.

De todas formas el pasillo le sigue pareciendo muy largo. Interminable. Hoy hay un silencio especial hacia el final. La luz que entra por el ventanal del fondo juega con las sombras que se mueven trémulas con el viento fuera de la ventana. Es un día atípicamente ventoso para Madrid.

Abre la puerta despacio, sin llamar. Siempre que tiene la certeza de que Cristian está en la habitación, llama a la puerta y espera que le diga que pase. Pero hoy no llama. La habitación está inundada de luz, casi reventando. Al principio no comprende la experiencia de tanto resplandor. Haces de claridad rebotan por las paredes blancas y hieren sus pupilas como jabalinas de nieve. Cuando después de unos segundos logra regular la entrada del fulgor en su cerebro, ve una figura oscura postrada. Es Cristian. En el suelo, de rodillas, con la cabeza apoyada en el borde de la cama, solloza suavemente. Sobre la cama, unas manitas pequeñas cruzadas encima del pecho. Nadine se acerca. Siente sus movimientos ingrávidos, como en cámara lenta. Las cuencas de los ojos ya están hundidas. El color gris anaranjado de la tez ha desaparecido. La piel desprende una luminosidad extraña, un halo de una belleza especial.

—Cristian, ¿cuándo ha pasado?

—Hace media hora. —Los ojos enrojecidos de Cristian le suavizan el rostro y le dan un aspecto de animal herido—. Anoche, perdió la vista. No podía ver nada. Luego entró en coma. Así toda la noche, y de repente esta mañana, movió un poco la cabeza, abrió los ojos, me miró y... —Cristian no termina la frase. Hunde otra vez la cabeza en el borde del colchón y después de un momento, con un movimiento rápido y decidido, se levanta y se sienta en el sillón con la mirada perdida—. Se acabó —murmura.

Nadine se acerca al cabecero de la cama y con mucho cuidado pone una mano sobre la frente de su hermana. La piel está sorprendentemente fría, casi dura. Los labios finos de Alexandra están ligeramente curvados en una sonrisa. Pero, extrañamente, ya no es su sonrisa. Ya no es su cuerpo.

Pasa un rato interminable mientras Nadine y Cristian, sentados cada uno en un sillón, miran en silencio a su alrededor. Hay una tranquilidad hipnótica en el espacio, como si se encontraran en un momento fuera del tiempo.

Alguien toca a la puerta y entra un hombre vestido con traje oscuro y corbata gris. Tiene un maletín en la mano.

—Perdonen —dice casi susurrando—, quiero presentarles mis condolencias. —Cristian y Nadine lo miran sorprendidos—. Soy de la funeraria del hospital. Siento mucho irrumpir en este momento tan doloroso. Pero tenemos que hacer unos trámites. Lo exige la dirección.

El hombre los mira abochornado. Es joven, ligeramente obeso. Suda visiblemente por donde ya ha empezado a perder pelo en la parte superior de la frente y la cabeza.

Nadine mira a Cristian anticipando su reacción. Ve cómo la furia se apodera de su rostro mientras observa al hombre fijamente.

—¡Salga ahora mismo de aquí! Todavía no estamos listos para los buitres. —Casi le rechinan los dientes.

El hombre suspira un momento, y luego balbucea:

—Lo siento, siento mucho tener que interrumpir. Sé que no es buen momento. Cuando cambie de opinión estaré en la sala de espera. —Y sale con paso tembloroso cerrando cuidadosamente la puerta.

El cuarto vuelve a quedar en silencio. Cristian hunde la cabeza entre las manos y suspira durante unos minutos. Después se levanta, se ajusta la camisa y el cinturón, y camina hacia la puerta con gesto vencido.

—¿Quieres que vaya contigo? —pregunta Nadine.

Cristian se vuelve hacia ella y por primera vez le habla con voz cálida:

—No, yo me ocupo de los chacales. Tú quédate aquí. No quiero que esté sola ni un momento. —Y sale por la puerta.

Las próximas horas se pasan como en un sueño. Atemporales, ingrávidas, bañadas en la luz cegadora de la habitación. Enfermeras y celadores entran y salen del cuarto casi de puntillas, susurrando las palabras mínimamente necesarias, como si tuvieran miedo de despertar a Alexandra. Nadine está sentada en el sofá de cuero color oliva. Se siente aturdida, desconectada de todo lo que pasa a su alrededor. Como si de repente le hubieran desenchufado los auriculares y no pudiera seguir algo muy importante que está pasando en la pantalla. Solo le queda un vínculo con la extraña escena: Cristian.

De pronto, su relación ha cambiado radicalmente. Ha desaparecido esa tensión que la ha mantenido en vilo todas estas semanas. Se han disipado la aversión y la antipatía que los unía. Ahora Cristian es la única persona real dentro del contexto. Todo lo demás es como un escenario remoto con actores vestidos de blanco interpretando una historia grotesca en mimo. Ella mira a Cristian ir y venir haciendo trámites y arreglando todo. En este momento él ha adoptado una compostura perfecta, increíblemente eficiente. Se encarga de tomar decisiones con voz clara, rápida. Se acerca a Nadine de tanto en tanto y la informa de lo que va a pasar. Se lo repite varias veces, con serenidad, pacientemente. Le engancha los ojos con su mirada y la obliga a volver al cuarto, al cuerpo tendido sobre la la cama. La tristeza le otorga a Cristian una extraña majestad. Ahora comprende Nadine su fortaleza, su cualidad de príncipe guerrero, su poderío entroncado en raíces vigorosas capaces de levantar y estremecer la tierra cubierta de hierro y sangre el día después de la batalla. Y ve por primera vez cómo su energía se hubiera podido anudar de forma perfecta con la de Alexandra, una unión sublime entre la imaginación y la fuerza. Una charnela acoplando impecablemente el cielo y la tierra.

Pero no ha podido ser. Ha habido un problema de sincronización en el encuentro, un defecto de ajuste en el plan. Esta es ahora la tragedia que adquiere proporciones épicas frente a sus ojos, la saga de fatalidad de un desencuentro que se registra como una coreografía explícita en cada uno de los movimientos precisos y controlados del cuerpo de Cristian.

—Nadine. ¿Nadine? ¡Nadine! —De cuclillas frente a ella, Cristian le toma las manos—. Nadine, ¿me oyes? Estás agotada.

Tienes que irte. Yo me ocupo de todo. La van a preparar y la llevan al tanatorio del hospital. La tendrán allí hasta mañana. Vete a casa y luego vuelves. —Tirándole de las manos la levanta del sofá. La conduce hasta la puerta—. Toma, vete en taxi —le dice poniéndole dinero en la mano. — Y antes de llegar a la puerta—. Espera, vas a pasar frío.

Abre el armario, descuelga un abrigo y se lo pone por encima de los hombros. Nadine mira el abrigo y lo reconoce. Es un abrigo de cuero color cobre que Alexandra y ella habían comprado juntas hace años en una tienda de segunda mano. ¡De cuero! ¿Cuánto tiempo llevaba en el hospital su hermana si había entrado con un abrigo de cuero? Cristian siente su desconcierto. La ayuda a ponérselo.

—Nos vemos más tarde —le dice y la empuja suavemente hacia el pasillo.

Nadine flota a través del hospital gigante hacia la puerta de salida. Fuera, el viento se ha recrudecido. Aunque tiene en la mano el dinero que Cristian le ha dado, no toma el taxi, sino que camina calle abajo. Anda despacio, con la sensación de que algo muy frágil puede romperse en cualquier momento, como si sus piernas y su espalda fueran de cristal. Quiere llorar, sentir el espasmo de los pulmones rompiendo en sollozos, desleírse en un mar de sal. Pero nada de eso ocurre. Solo siente los huesos secos caminando en silencio. Y frío. Se arropa con el abrigo raído de cuero como si con ello estuviera abrazando a su hermana, buscando la última chispa de calor del cuerpo que ya estará helado y rígido sobre la cama del hospital.

*

No sabe muy bien cómo ha llegado hasta la casa de Jimena. Tampoco sabe cuánto tiempo ha pasado desde que salió del hospital. El portal está cerrado, y de pronto recuerda que es sábado por la tarde y que no está el portero. Busca la llave dentro del bolso.

—Nadine. —Se vuelve. Es Gino. Extiende una mano ofreciéndole el tallo de una orquídea. Pero Nadine solo lo mira por un momento en silencio—. Nadine, ¿qué ocurre? ¿Estás bien? —Gino se acerca, le pone las manos sobre los hombros, la mira a los ojos.

—Mi hermana ha muerto esta mañana —responde Nadine. Y se vuelve ausente hacia la puerta, da una vuelta a la llave, la empuja y entra en el portal. Gino la sigue.

—Lo siento, lo siento mucho. Y tú, ¿cómo estás?, ¿cómo te sientes?

—No sé.

Suben en el ascensor y entran en la casa. Nadine se desploma en el sofá del salón y cierra los ojos. Apretando todavía el abrigo alrededor de su cuerpo, cae rápidamente en un sueño oscuro.

Cuando despierta está tumbada a lo largo del sofá. Alguien le ha quitado el abrigo y los zapatos y la ha cubierto con una de las colchas de la cama. Gino. Todavía aquí.

Con la cabeza sobre un cojín, los ojos de Nadine están a la altura de la orquídea que al entrar Gino dejó sobre la mesa. Desde allí percibe su olor delicado. Sus flores la miran asomadas a los lados del largo tallo verde recostado sobre la madera. Su pétalos son de color blanco con magenta estriado. El color es más intenso en el centro, y desde allí se esparce en vetas rojizas y azuladas sobre pistas impolutas de nieve. A Nadine nunca le han gustado las orquídeas. Pero ahora observa fascinada las caras de sus múltiples pétalos abiertos. Esos pétalos túrgidos y brillantes irradian una luz hipnótica que le penetra los ojos con una sensación extrañamente fría, como un bálsamo que le hace olvidar su pena, su cansancio.

Gino aparece por la puerta. Tiene puesto el delantal de cocina y en las manos sujeta un plato humeante. Lo coloca sobre la mesa baja frente al sofá.

—*Zuppa* de pollo. Va muy bien cuando uno está cansado. Lo siento, es de sobre.

—No tengo hambre —dice Nadine, y empieza a pensar cómo le puede pedir que se vaya. Pero se incorpora, acepta la cuchara que Gino le ofrece y empieza a tomar la sopa a pequeños sorbos. El caldo caliente le devuelve la sensación del cuerpo.

Gino sale de nuevo y vuelve con un vaso de vino tinto. Se lo pone en la mano.

—*Zuppa con vino*. Fórmula magistral.

—Y tú, ¿no bebes?

—Bueno. —Gino trae otro vaso para él, se quita el delantal y se sienta a su lado. Beben despacio, en silencio.

—¿Cómo ha pasado? —pregunta Gino.

—No puedo hablar de eso ahora —responde, y después de un momento, deja el vaso sobre la mesa, levanta la cabeza y dice—: Todavía tengo frío. Abrázame. —Gino hace ademán de cubrirla otra vez con la colcha—. No. Solo que me abraces. Así.

Se tumban sobre el sofá con los cuerpos estrechamente enlazados. Cierran los ojos y respiran juntos.

Dormitan unos momentos. Nadine siente el calor de Gino entrándole en el cuerpo entumecido. Como si lo dilatara, lo extendiera sobre la textura de viejo sofá de terciopelo. Nadine abre los ojos y observa de cerca la cara de Gino, sus mejillas oliva, su barba cerrada perfectamente afeitada. Su boca huele a almizcle y a vino. Aparta el flequillo ensortijado de los ojos castaños que la miran sin parpadear. En el centro del iris, las pupilas oscuras se acrecientan y se vierten hacia las suyas en oleadas lentas, misteriosamente sonrientes, envolviéndola en un magma dulce y caliente. Su propia mirada es un barco que navega a la deriva dentro de ese magma, y está a punto de caer en el precipicio de esa pupila que se ahonda sin parar como un pozo hacia el centro de la tierra. Nadine aguanta el arrastre de la marea hacia el pozo, mientras piensa: «¿Por qué no puedo dejar de desearlo? ¿Por qué tengo que quererlo? ¿Por qué no puedo entregarme así, con su sencillez?».

El chasquido de la puerta de la terraza empujada por un golpe de aire la distrae momentáneamente. Advierte cómo esa misma corriente arrastra el tallo de la orquídea sobre la mesa. En ese instante el barco se desploma hacia el fondo del precipicio. Nadine se hunde irremisiblemente en el magma cálido, se ahoga en el aliento de almizcle, en los pequeños sonidos huecos de sus labios besándose, en la superficie palpitante de sus cuerpos pegados. Una fiebre irresistible se apodera de sus labios, sus axilas, de sus ingles.

De pie junto al sofá, se desnudan el uno al otro en medio de un silencio tenso. Entre las piernas de Nadine se derraman ríos de un antiguo glaciar que se deshiela. Lentamente, con la torpeza de la emoción sostenida, se colocan el uno sobre el otro en el terciopelo. Sus miradas tiemblan. Quieren parar el tiempo. Pero no es posible. Sus cuerpos se abren, pierden barreras, se transmutan en nuevas formas, frutas extrañas o insectos primitivos, que se acoplan entre sí con la fuerza de imanes. Ahora sus ojos se enzarzan como raíces furiosas mientras cabalgan juntos sobre una masa túrgida y brillante. Una marea que bate sobre rocas blandas, que se lanza, estalla y retrocede burlona ante la boca sedienta de la piedra. Una y otra vez. Una y otra vez. El murmullo crece hasta convertirse en un latido que los hace palpitar al ritmo de un corazón remoto. El suelo vibra bajo las pisadas rotundas de un elefante que avanza trepidante sobre la cara de la tierra. Ondulantes, implacables, imprimen sus huellas cada vez más hondas sobre la masa elástica de la carne. Ahogan con su estruendo el sonido de sus gemidos. Levantan a su paso fibras cimbreantes de nervios que se encabritan como olas furiosas, alacranes erguidos a punto de clavar su aguijón, depredadores saltando en el aire sobre su presa. Y después todo rompe y cae en picado, ola, animal, presa, alacrán. Todo se funde en una masa informe que gira y se arremolina de forma vertiginosa, irradiando una fuerza irresistible que revienta poros, orificios, todas las células del cuerpo. Explosiones de luz, primero rápidas, desaforadas, y después más lentas, en oleadas interminables, los sacuden con una violencia deliciosa, infinita. Un mar de libélulas fosforescentes se desprende de sus tripas, de sus pulmones, y se eleva despacio, en silencio, hacia el azul profundo de la noche.

Nadine abre los ojos. Increíblemente, es ya de noche. Hace un esfuerzo por salir del aplastante sopor dulzón en que se encuentra hundida. Sus pupilas dilatadas no enfocan bien las sombras azuladas que la rodean. Todavía tendido sobre ella, la masa del cuerpo moreno de Gino exhala un vapor que huele a tierra mojada. Hasta sus rizos castaños escurren agua. Las cuencas hundidas de los ojos le dan la apariencia de un niño profundamente dormido.

«Qué monstruosidad —piensa Nadine con un escalofrío—. Estar aquí mientras mi hermana yace fría en una caja. ¿Dónde tengo la cabeza?».

—Por el contrario, querida hermana victoriana. Este es el sitio óptimo donde estar en este momento. Celebrando la vida. —La risa flotante de Alexandra se cierne burlona sobre su rostro—. Y a ver si te enteras de que esto es lo que has estado necesitando todo el tiempo. —Nadine levanta la mano y se la pasa por la cara como para quitarse el cosquilleo de una sensación de telarañas—. Por cierto, está bastante potente este italiano —añade la voz ahora a carcajadas—. Muy guapo. Mmm, me gusta.

Un movimiento sutil de aire se mueve alrededor de las esquinas del techo. La voz, aunque le habla desde el fondo de la cabeza, es real.

«¿Estaré alucinando?», se pregunta Nadine, e intenta salir de debajo del cuerpo de Gino. Pero la sensación de su peso es demasiado placentera.

—Aprovéchate de que todavía tienes carne. Y de vez en cuando piensa en mí y échate un buen polvo a mi salud. —La voz silba ahogada por la risa. Esa risa es definitivamente la de Alexandra—. Prométeme que volverás a escribir. Créeme, será lo único que dejarás atrás. Al final, lo que creamos es lo único que importa en la vida. Todo lo demás se disuelve. Mírame a mí, ¿qué me llevo?

—¿Qué te hace pensar que quiero dejar algo atrás? —piensa Nadine en voz alta.

Gino se mueve un poco, pero no se despierta.

«¿Qué más da ya todo?», añade Nadine en un susurro, esta vez en su cabeza.

—No tientes al diablo. Te queda tiempo. Aprende de todo lo que yo desperdicié. Sálvanos a las dos. Escribe. Prométemelo. —La voz ahora insiste como un lamento—. Prométemelo, prométemelo... —El hilo de voz se aleja.

Nadine siente una ansiedad repentina por retenerla, por encerrar su eco. Pero el susurro se diluye en una trayectoria lejana, inalcanzable. Todo el cuerpo de Nadine se abre como un par de labios que van a lanzar una última promesa pero no son capaces de emitir ningún sonido. La sensación de verde estriado de los ojos de Alexandra se vierte sobre su rostro, empapándolo con una mirada llena de añoranza mientras se disuelve entre las sombras del cuarto.

—Adiós.

El corazón de Nadine se contrae alrededor de un dolor agudo como una aguja que le perforara el pecho. Desesperadamente, busca el cuerpo de Gino y lo abraza con fuerza.

—¿Qué pasa? ¿Estás bien? —La cara de Gino está hinchada por el sueño.

—Abrázame más fuerte. Más, más. Así.

Nadine llora. No solo con los ojos, sino con todo el cuerpo. Por sus poros brotan finalmente gotas de sal. El acuífero se ha roto y su gran masa líquida se vierte en torrentes hacia la superficie.

Los brazos de Gino la aprietan con tanta fuerza que casi le cortan la respiración.

Capítulo 17

El tanatorio del hospital Asclepio es quizá el lugar más acogedor del gigantesco complejo sanitario. Es una suerte poder traer aquí a un ser querido en tránsito, porque dada la elevada estadística de fallecimientos diarios en un hospital oncológico de esta envergadura, siempre está ocupado. Además, la alternativa de tanatorios masivos donde suelen cohabitar hasta veinte duelos con sus capillas ardientes, no suele ser del gusto de los ciudadanos que pueden pagarse seguros privados en los cuales se incluyen ritos funerarios. A poder escoger, todo el mundo prefiere espacios pequeños y privados.

La sala es soleada y amable. Está decorada de forma sencilla y elegante. Dos grandes sofás de cuero rojo veneciano al fondo, grandes jarrones en las esquinas llenos de palos largos de bambú, pinturas de lagos con patos voladores de trazo asiático. Fuera de las ventanas, pequeños jardines con olivos enanos y arbustos de acebo rodeados de guijarros grises. Al lado de la sala principal hay una capilla blanca de paredes desnudas, bancos de madera y una virgen botticellesca en el altar. Enfrente está la capilla ardiente, iluminada con lámparas ámbar, y con una cristalera al fondo como un escaparate, detrás del cual yacen los cuerpos insepultos en sus cámaras frías.

Aquí está Alexandra. Sobre el ataúd oscuro ornamentado con barrocos herrajes dorados, y tapada con un sudario blanco brillante bordeado de encajes, yace su figura diminuta. Parece una niña pequeña. Bajo la cabeza cubierta por una especie de turbante blanco, su cara ligeramente apergaminada tiene un gesto risueño como si ya hubiera ingresado en un dulce limbo. A su alrededor, la cámara revienta de lirios blancos. No cabe un ramo más. Cristian no ha querido que haya a su alrededor nada más que los lirios blancos que él ha encargado. Las flores y las coronas enviadas por los demás se encuentran fuera de la cámara, a los costados de las paredes.

La antesala está llena de gente. Amigos de Alexandra del teatro. Actrices que Nadine conoce solo de vista. Vecinos de su casa, incluyendo la portera. Muchos de ellos son amigos y familia de Cristian. Hablan entre ellos una lengua que Nadine no entiende, aunque la mayoría han venido a darle el pésame en un español muy correcto. Nadine lleva varias horas sentada en mitad del sofá rojo, como si fuera una reina recibiendo súbditos devotos. Cristian, vestido impecablemente con traje, camisa y corbata negra, es su pareja real en esta ocasión. Los dos manejan la situación social con total sincronización, toman decisiones juntos, una sola mirada entre sus ojos basta para ponerse de acuerdo en cualquier detalle.

Cristian ha tenido una explosión de furia al ver a Amadeo entrar por la puerta, ha caminado rápidamente hacia él y le ha dicho que de ninguna manera puede entrar a ver a Alexandra. Cuando Amadeo se resistió, Cristian lo sacó a la fuerza y amenazó con pegarlo. Después, al regresar al velatorio, aunque algunos lo habían observado con censura, Nadine le lanzó una mirada instantánea de aprobación absoluta. Ha sido el clímax de su complicidad. En este acto no hay lugar para traidores.

Sin embargo, ahora ve a Augusto cruzando el espacio soleado del velatorio hacia el sofá donde ella está sentada. Viene vestido como siempre, con su uniforme clásico de algodones caqui y lanas finas azul marino. Su actitud es seria y compungida, y solo levanta la vista con ojos pesarosos cuando está frente a ella.

—Nadine, cuánto lo siento. No tenía ni idea de lo mal que estaba.

—¿Quién te ha avisado?

—Nadie. Mamá vio la esquela en el periódico. ¿Cómo estás?

—Estoy bien. Cansada —responde, apoyándose de nuevo en el respaldo del sofá.

Pasan unos segundos de silencio incómodo. Nadine vuelve a sentir el ardor de la huella que Gino ha dejado anoche en su abdomen, a la vez que observa la distancia inabordable que la separa ahora de Augusto.

—¿Has venido con Maribel? —le pregunta.

—No, no. He venido solo. Mamá no está bien y se ha tenido que quedar en casa. Te manda un abrazo. Pepón y Mercedes están de viaje. También te mandan un abrazo fuerte. —Nadine quiere preguntarle otra vez por Maribel, pero algo en el fondo cenagoso de los ojos de Augusto le dice que las cosas no van demasiado bien y se contiene—. Cuéntame cómo ha ocurrido todo tan rápido.

—No sé, Augusto. Han pasado tantas cosas desde que te fuiste. No sabría cómo ponerte al corriente así, en dos minutos. Pero ella llevaba un tiempo mal y, como sabes, no se cuidaba.

—Nadine, yo —la interrumpe Augusto—, siento mucho todo lo que ha pasado entre nosotros. —Nadine mira sorprendida cómo una nube le invade los ojos amenazando con un pequeño aguacero—. Quisiera que un día quedáramos para hablar.

—Cuando quieras.

En ese momento, oye decir su nombre en voz alta. Jimena, vestida con traje negro elegante y tacones altos, camina hacia ella con los brazos abiertos. Detrás, un hombre joven, atractivo, con ojos azules melancólicos, arrastra un par de maletas.

—Nadine, querida. Venimos del aeropuerto. Estamos para el arrastre. ¡Qué disgusto, querida! —Jimena la abraza y Nadine siente las grandes masas de sus senos que apestan a J'adore, de Christian Dior, aplastados contra su pecho—. Mira te presento a Mariano. —Y Mariano besa a Nadine en ambas mejillas. Jimena entonces dice—: ¿Cómo estás tú? ¡Qué mal lo has debido de pasar! ¡Dios mío! Parece que fue ayer que me peleé con ella porque me desgarró el vestido en la obra de teatro, ¿te acuerdas? Vamos, vamos a verla.

Caminan hacia el cuarto interior del velatorio, hasta la pared de cristal que les separa del cuerpo de Alexandra.

—Pobrecita, ¡cómo se ha quedado! Una mujer tan bonita. Y su pelo rojo..., supongo que lo perdió desde el principio con la quimio. ¡Qué horror! —Las lágrimas surcan el rostro de Jimena. Se las limpia con cuidado con las yemas de los dedos, para no estropearse el rímel—. ¡Qué pena me da ahora haberme peleado con ella por la estupidez de un vestido, che!

Parece que con la venida de Jimena se ha estimulado la concurrencia. Cristian está de mejor humor después de haber echado a Amadeo, y habla animadamente con sus amigos. Augusto conversa con un hombre con pinta de ejecutivo al que Nadine no conoce. Un grupo de cuatro trans liderado por Vanessa ha entrado en el tanatorio, levantando un revuelo entre miembros de la comunidad de Cristian. Vienen vestidos con trajes negros de mujer. Uno lleva una mantilla negra sobre la cabeza. Otro un gorrito de los años veinte con un velo que le cae sobre los ojos. Vanessa tiene los párpados pintados de azul celeste y los labios color fresa. Se han arremolinado alrededor de la pared de cristal y lloran en voz alta mientras cuentan historias de la tolerancia y la bondad de Alexandra. Gino también ha llegado, ha logrado escabullirse del trabajo y después de apretar a Nadine contra su pecho, se ha puesto a saludar a Jimena y a Mariano.

Nadine da un paso atrás y observa al grupo.

«Es lo que a ella le hubiera gustado. Una celebración alegre. Supongo que falta champán o algo así —piensa—. Al final, esta es nuestra verdadera familia. No nos queda nadie de nuestra sangre. Hemos sido realmente huérfanas».

Una figura grande con piernas deformes se arrastra hacia Nadine. Es Genoveva. Se abrazan.

—Ay, Nadine, qué penita. Qué penita de niña.

El calor del cuerpo de Genoveva es el calor antiguo de siempre. Su olor le recuerda a la vieja cocina donde les hacía galletas de chocolate con la receta de Ethel. *Brownies,* como su madre las llamaba en inglés. Genoveva huele todavía a esa masa densa oscura y dulce donde les dejaba meter el dedo y chupárselo antes de colocarla en el molde y meterla en el horno.

La tarde pasa rápida. La gente va y viene. Nadine está agotada y siente ese vacío casi placentero que queda una vez que se ha marchado el dolor. Aunque sabe muy bien que solo se trata de una tregua. Mañana temprano será la cremación. Cristian ha tomado la decisión, y cuando Nadine ha intentado protestar, ha visto en sus ojos otra vez esa cualidad amenazante de lobo acosador que tanto ha tenido que sufrir durante las últimas semanas. Él quiere esparcir las cenizas de «su mujer» en un campo de amapolas salvajes. Habrá que esperar a la primavera. Mientras tanto vivirán con él en una urna. Nadine sabe que no cambiará de opinión. Ethel seguirá sola en su tumba. Y Germán acompañado de sus ancestros en un cementerio siempre llovido en la ría de Galicia. Es mejor así. El espíritu de Alexandra no sería feliz encerrado.

Gino le toma la mano y se la besa.

—*Bella*. Estás cansada. Te llevo a casa.

Capítulo 18

Es noviembre. La luz blanca de un sol que se aleja cada día más de la tierra cae opaca sobre los árboles. El parque tiene ese aspecto desnudo en colores ocres y grises que tanto le gusta a Nadine. Camina con Jimena por las veredas llenas de hojas secas que crujen bajo sus pies. Como cada mañana durante todo este mes, se ha levantado con el cuerpo hinchado y caliente. Ha vomitado varias veces de rodillas frente al váter. Y tiene las mamas permanentemente doloridas, como si fueran a romperse. Una sensación que solo recuerda en la adolescencia, cuando su cuerpo empezaba a madurar.

Se sientan en un banco frente al estanque que en verano está lleno de patos y de cisnes. Ante a ellas, al fondo, reluce la espectral belleza del palacio de Cristal. De vez en cuando una ráfaga de aire silba en lo alto de las copas de los árboles y suelta una bandada de hojas amarillas hacia el agua. Nadine se arropa dentro de su abrigo y se aprieta los senos con los brazos. Es consciente de los árboles que la rodean, de sus raíces fuertes agarradas a la tierra, de sus ramas poderosas y flexibles como brazos que bailan con el vaivén del viento. En este momento le parecen los seres más estables del planeta. Altos, mudos, centenarios.

Nadine piensa en Túpac Merino. Repasa cada palabra que intercambió con él en el balcón de Jimena. Repasa cada sílaba de su oráculo y cada uno de los gestos de resistencia que ella había interpuesto. Revisa cómo su vida se ha ido desgajando, uno por uno, de los amargos racimos que Túpac había vaticinado. Sin embargo, no siente ningún resentimiento hacia él. Por primera vez comprende que en aquel balcón había ocurrido una especie de transmisión, la iniciación a un vínculo profundo y secreto con la tierra, con los árboles, con el viento y el agua. Desde aquel día su sensibilidad hacia la naturaleza había cambiado radicalmente. Era como haber bebido una poción mágica que abre los ojos a esferas profundas de la realidad, a las que nunca antes había prestado ninguna atención. En este momento comprende el obsequio que le hizo el hombre extraño. Poco tenía con predecir detalles banales del porvenir, aunque algo de eso tambien había hecho, sino que había consistido en enraizarla en lo hondo de la Pachamama, de la Madre Tierra, reenganchándola en la certeza de su ciclo eterno, de modo que las sacudidas de la vida no puedan volverla a derribar.

—Estás temblando. ¿Volvemos? —dice Jimena.

—Estoy embarazada.

—No jodás, estás bromeando.

—Me hice el test dos veces.

Por los ojos de Jimena pasan ráfagas de nubes oscuras.

—¡Pero no puede ser! Y a tu edad. Será de alto riesgo. Esto hay que pensarlo, querida.

—No hay nada que pensar. Todo está decidido.

—¿Y Gino?

—No lo sabe todavía. Su mujer ha vuelto y le está pidiendo que lo intenten otra vez.

—¿Y?

—No sé.

—Pero sin pareja estable, sin trabajo. Querida, piensa en lo que te conviene.

Nadine toma la mano de Jimena.

—No hay nada que pensar.

Jimena llora. El maquillaje de ojos se le escurre por la cara.

—El sueño de mi vida. Qué no hubiera dado por tener una hija. Todo lo que lo intenté y tú ahora, así, por casualidad, como si nada...

Nadine la abraza.

A su alrededor comienzan a caer gotas diminutas de lluvia. Descienden suavemente, en silencio, sobre el banco y sobre el pelo negro de Jimena. Empapan las hojas ocres a sus pies. Las partículas de arena mojada del camino relucen bajo el cielo de plomo.

*

Sí, será una hija. Y la llamará Deva, como los espíritus de la naturaleza. Y Deva será un eslabón más en la cadena de su estirpe de mujeres pasionales y malogradas. Y quizá, finalmente, la que rompa el molde.

Descarga la guía de lectura gratuita
de este libro en:
https://librosdeseda.com/